Theodor Georg vo

Frühlingsgabe für Freunde älterer Literatur

Theodor Georg von Karajan

Frühlingsgabe für Freunde älterer Literatur

Unveränderter Nachdruck der Originalausgabe von 1839.

1. Auflage 2024 | ISBN: 978-3-38514-125-4

Verlag: Outlook Verlag GmbH, Zeilweg 44, 60439 Frankfurt, Deutschland
Vertretungsberechtigt: E. Roepke, Zeilweg 44, 60439 Frankfurt, Deutschland
Druck: Libri Plureos GmbH, Friedensallee 273, 22763 Hamburg, Deutschland

FRÜHLINGSGABE

FÜR FREUNDE ÄLTERER LITERATUR

VON TH. G. v. KARAJAN.

WIEN, RITTER VON MÖSLE'S WITWE UND BRAUMÜLLER.
1839.

Mit freudiger hast ist die vorliegende sammlung bereitet, mit gutem willen hofft sie hingenommen zu werden. der erfreuliche fund des ersten stückes war die veranlassung zum anschlusse der übrigen; doch einer lavine gleich, den verleger wie den käufer erdrückend, wäre der stoff angewachsen, hätte nicht kluge vorsicht halt gebothen. kann ja doch die gabe, findet sie beifall, wiederholt werden. in Oesterreich schlummert aller orten des brauchbaren stoffes so mancher, doch wird dem ungestümen pocher nicht aufgethan und auch das suchen will hier gelernt sein. der österreicher liebt es eben

*nicht, viel von sich und seinem eigen zu
sprechen, hat er etwas, so verwahrt ers
im stillen, und nur wo er sich gedeihli-
chen gebrauch und harmlose freude weiss,
da gibt er mit vollen händen.*

*Eine hs des bis jetzt verloren ge-
glaubten, nur von* Adelung (Pütrich
von Reicherzhausen *s. 14 anmer-
kung* q)) *ganz richtig dem dichter des*
Tandarios, *dem* Pleiaere *zugeschrie-
benen* "Gârel vom blühenden thale" *),
die im literar. grundrisse *s. 149 vorge-*

---

*) *Vergl. die erwähnungen* Gârel's *als eines ritters
der tafelrunde bei* Wolfram von Eschen-
bach, *Parzivâl 583, 18, in* Wirnts von Gra-
venberg *Wigalois vers 8627 (7851, 7170?)
in* Kunharts von Stoffel *Gauriel von Mun-
tavel.* (Wackernagels *lesebuch. erste ausgabe
1, 850. von meister* Kunharts *werke hat sich
erst vor kurzem auch im innlande, und zwar
zu Innsbruck, eine bisher unbekannte hs gefunden.
siehe den* anzeiger für kunde der deutschen vor-
zeit *jahrgg. 1836. s. 339 ff.) u. s. w.*

schlagene *verwechslung mit* Stricker's "Daniel vom blumenthal" *völlig entkräftigend ; ein bisher unbekannter codex von* Thomassins "wälschem gaste ;" *bruchstücke einer sehr alten hs der* Nibelunge - nôt ; *jener des deutschen* Walthers ; *einer hs des* Wigalois, *der leidener an alter nichts nachgebend*; *unbekannter lateinischer parabeln eher des 11. als 12. jhts ; einer schönen hs* Werins von Lothringen *u. s. w. sind funde eines einzigen jahres und innerhalb der engen gränzen des erzherzogthums vom herausgeber und anderen gethan. sie könnten allerdings lust zum weitersuchen erregen und hoffentlich keine fruchtlose, besonders wenn die ehrende bereitwilligkeit derjenigen nicht erkaltet, die ihm bereits die hand gebothen, andere sich noch beigesellen und vorsteher von*

bibliotheken, archiven und sonstigen wis-
senschaftlichen sammlungen des innlandes,
— das ausland thut das seine, — ihm ihre
gunst, die er nie missbrauchen wird, wohl-
wollend zuwenden.

Wien, am 26. Februar 1839.

Th. G. v. K.

INHALT.

I. WALTHER*).

1   wol gehelfen . si rvohten mi
nen win von miner hende
           gan iv leide
baz da   vns leitet nah
d   en daz svle
wir d   ne haz.

2 S i enphiengen Volkere . vnd
ovch die sine man . sehzec
siner degene . die waren
mit im dan . gevolget von
dem Rine . dvrch den Wase
chen walt . er laitte so den
gast vnd ovch die sine . daz
ers vil wenich enkalt.

3 D o sprach der ellende . nv´helf-
fet mir bewarn . daz wir

---

*) *Aus typographischen gründen ist im folgenden von der*
hs abgewichen worden. über v ward einige male ein ohne-
diess überflüssiges häkchen weggelassen, wo es aber
den doppellaut ue, uo oder iu andeuten sollte, in diesen
verwandelt; ferner ein querstrich über i und anderen
buchstaben als n neben dieselben gesetzt, u und v mit
überschriebenem o oder e in uo, ue, vo oder ve aufge-
löst, endlich das gewöhnliche zeichen für er durch die
silbe selbst vertreten.

I

die twerhen strazen iht in
den landen varn . wir svln
gen Lengers da ist der vater
min des antwurt Volk' der
vil kvene . des sol ich hvter sin

4 S wie wir anders riten so ist
daz   ere min . daz wir
da ze Metzen geste niht en
sin . Ortwin hete drinne
wol tovsent kvener man.
s   eme her nach
darvmbe geredete . mit
strite wrde wir bestan.

5 E r hete wol eraten si lie
zens ane strit so er aller be
ste chvnde leit er siv sit di

er da mite seit . die mohten
do dem helde noch der vrovwen .
vor in geraten deheiniv leit.

6 W a si die nahtselde naemen   bl. 1. r. b.
dvrch div lant mit Volkere
dem werde daz mach ich iv
bechant der kvnic mit sinem
gvte im schone dinen hiez
Volker der was in also werden
mvete daz er sin wenic verliez

7 O vz Ortwines lande dvrch

Bvrgonde dan . braht si do
volk' der vil kvene man . ob man
daz sin geleite so starch niht
het gesehen . so mves in ovf
der selben straze dikche . sin
michel arbeit geschehen

8 N v hort ovch wie der reke frvot
   s   s   ant . die boten die er
hete dem kvnige gesant . die
riten ross div guten . vnd fvor
ten spaehiv kleit . die sagten
in dem lande daz er kome
vnd ovch vrov Hildgi div meit .

9 D o der chvnic Alker gehor
te dise sage . do entweich im
vngemvete . vnd ovch sin lan-
giv klage . die boten er vil
dichliche enphie vnd ovch sin
wip si wurdn   grezer
vrevden riche dvrch den
Waltheres lip.

10 D   ch der was   Spanyge
so wol mich iwer sage . ich
hete sorge manige . lan mi

de . was mir wol tovsent iar
ich sih in gern . swenn in got send
div red ist entlichen war.

11 D o eż div kvniginne . het mit
im vernomen . ir was von
lieben maeren vil der traehen
komen . von herzen in div
ovgen . weinde si do saz, si
riet wie man si bede wolde
solde enphahen . vnde tet
vil willechlichen daz.

12 D o sprach aber der rekche ir
svlt mich horen lan wie Et
zele vnd frov Helche zv zin (?)
haben getan . do sprach der bo
ten einer daz wil ich iv sagen
Walther ist von dem kvnige so
gescheiden . daz ez die Hiv
nen immer mvezen klagen

13 I r ettelicher drvnder . daz so im
waeren holt . er hat an svme
lichen . vil wol daz versolt .
daz si im immer flvchen
wand er hat in erslagen . an
siner verte vil ir lieben ma
ge . ich kan iv anders niht gesagen

14 D o sprach der kvnic edele . ich
sol mich vrewen sin . er mvóz
wesen herre . in den landen
min . er wirt der Hivnen pur-
getor . swes Ezele vnd sine

rechen ie begvnden . da was
er ze allen ziten vor.

15 D er chvnic sprach zvo den re
ken . wol ovf alle mine man .
vnd riter im begegene . er
hat mir liep getan . swer im
nv gerne dienet . des vrivnt
l ich wesen . . div lant svlt
ir mit vns beiden bowen   bl. 1. v. b.
ir mvgt bi Walth' wol genesen

16 M an sagt im daz in leite durch
Gvntheres lant . Volker der vil
kvene . der was im wol erkant
vnd avch des kvniges reken .
driv hvndert oder baz . do bat
er sin gesinde zv im gahen
die taten willechlichen daz.

17 D o hiez ovch sich bereiten . des
edelen kvniges wîp . ia wol-
de si beleiten . der Hildegunde lîp
so si aller beste kvnde . ze Len
g'es in die stat . ir vrowen si
do wol kleiden begvnde . des
si der kvnich selbe bat.

18 S in warten sine livte . mit gro
zer vngebite . dar nach in
chvrzen stvnden . man sagt
im daz da rite . daz Gvnth's

gesinde . mit in in daz lant .
do kom der wirt mit stolzer mas
senye . da er vrovn Hilden vant .

19 D iv kvniginae fvrte . wol seh
zec magedin . die aller schoe
nisten . die der mohten sin . vnd
ovch der hohsten mage . di man
do bi ia vant . do fvrten ovch
des alten kvniges helde, vil
harte herlich gewant.

20 E si vol drie mile komen wa
ren dan . von der stat ze
Lengers . in volgten tovsent
man . oder dannoch mere . die
zvo den gesten riten . wand
si der kvniginae here . heten

Hildegvnde brivte.

21   N v was ze hove
niemen wan di
da solden sin . het
gesehen iemen.
ein schoener ma
gedin . denne waer Hildegvnt
do si da heime saz . da ir des
ivngen kvniges reken dien
ten . ich gelovb mvlich daz.

22 S waz man wesse vnpilde di
iemen het getan . er waere
denne wilde zereht mvser
stan . da Walther der vil kve
ne sines vater lant besaz
er phlach des landes nach
der kr̂ône rehte . wande
im riet div ivnchfrovwe daz.

23 D iv Walthers mvoter . zafte
wol die meit . daz sach der
degn gvoter . iz was im niht
leit . si schvf ir hovegesinde
vil schoeniv magedin . die bi
Hildegvnde ze allen ziten
mit grozen zvhten mvsen sin

24 D o div magt edele in ir hein
liche saz . so getet ir chvrz
wile nie de keine baz . wan
so si des gedahte waz ir der
chvene degen . e daz er si von
den Hivnen braehte . het ge
dienet ovf den wegen.

25 D ar zv sach er si diche . vr̂ô
was in der mvot . ir trivlicher
bliche siv beide dovhte gvot .
er liebte swie er kvnde . daz
min   bl. 2. r. b.
si iehen

gvnde

vrowen . int ·

26 S wa ie des fursten

ten . dvrch daz lant . e

den livten allen . mit

tvn bechant er wold

zite mit Hildegvnd

der riche kvnich mı

sinen vrevnden da

bereiten sich began

27 G estvle hiez do wrchen

re Alpker . ahzec her

vnt waen dannoch m

der ieslichen wol zwe

dert man . die mit de

sche chomen solden d

ches gahen man be

28 E r schvf ovch allenth

iaget in den walt . v

nic tyer wilde . der he

enkalt . ovch mvesen

re . ovf wage vnwvz

sen . si fvnden ir vil

niden vnden . . die vo

kvnden genesen.

29 D ie sinen valchnaere . d

ste peizen hiez . wie

man der nezze mveze

liez . verren vnde
man der voge .
hiez ma
snelle
m

30   O

wie bl. 2. v. a.

cher de

gesni   da
r rossge vn se der
vil maniger dar geriten
hzite Walter do ge
der walt gelovbet

31   vnd daz die blvmen
vnden allenthalben
1 wisen breit . daz in
sine geste koemen . so
allez da bere
vnmvezic n hie
nie lant de he iv

32   Hildegvnt v heim
ze Arrogovn d an
maere hiez , s en
n chvrzen sit wol
ne bi dem zv n
ere tragen .

       s vz in allen   n si
       bot . ovch m l wol
33   en . daz si v   nger
       n Hivnen   a gese
       vnd daz si brahte
       valthere so   eh r lob
       ı von er eren vil gewan
       es ingesinde be   te
34   r vart . wol   s   te
       rken . wol   et
       ossen

                      wen   vo
                      ker

35 Z e Engellant . man riten ovch bl. 2. v. b
   die boten hiez die wege

   mvezic   arren . vnd
   Chaerlingen da war
   ovch bechant do rihte
   sich gen der hohzite . in daz
   Waltherez lant
36 W alther gie zerate ob si daz
   devhte gvet sine man vnd si
   ne mege . ez niht vbele ge
   mvet Ezel da von werde ob er
   die boten sin im vnd der

kvniginne Helchen sande
vnd ovch daz   magdin
37 D az wider riet im niemen
da von wart ez sit getan
sine brieve schriben man
dar zvo began die er da wol
de senden in Ezelen lant
den selben boten lie man
nicht gebresten man gab
in rosse vnd ovch gewant.
38 M it den hiez man do riten di
da solten an den Rin Gvnther
wol gedahte vnd ovch die vr
evnde sin wie er siniv mae-
re hete dar gesant bi Vol
kere dem stolzen videlaere
in der . Bvrgonde lant.
39 W sprach der vogt von Rine
und waer iz nicht schande
vnser
helden . so wold ich gerne sin
ze siner hohziten . waer ez der
Hagne rat . so wold ich dar

Die wichtigkeit der vorstehenden bruchstücke für die geschichte der deutschen literatur überhaupt und die der heldensage insbesondere liegt auf der hand. das verhältniss des, wie es scheint, ziemlich ausgedehnten

gedichtes zum Walharius *und* Biterolf *lässt den verlust
desselben nur noch mehr bedauern. die jetzt fehlenden
dem ersten blatte vorangegangenen theile mögen sich
dem inhalte nach unserem lateinischen gedichte ge-
nau angeschlossen haben, da sie wie jenes wohl eher
ein kind des warmen volkslebens, als in kühler musse
ausgeheckter erfindung mögen gewesen sein und bekannt
ist wie die sage im munde des volkes mit treuer rüh-
render sorgfalt weithin gehegt wird. das uns erhaltene
steht einer solchen vermuthung nicht entgegen, bezie-
hungen sind selbst in unseren wenigen bruchstücken zu
finden, so in der strophe 2,12,13 besonders aber 24. —*
Jacob Grimm *hat in seinen bemerkungen zum*
Waltharius *) *von richtigem gefühle geleitet und durch
beweisstellen bekräftigend (so aus den* Nibelungen 1698
—1695, 1734—1736, Walther v. d. Vogelweide 74, 19,
namentlich aber Biterolf v. 577 *und* 578 „der was von
Hiunen her bekomen, als ir wol habt ê ver nomen" *und
öfter), die gegründete annahme hingestellt, dass lieder
von* Walther *und* Hildegund *bis ins 13 jht, auch wohl
noch später müssen fortgedauert haben.* „wäre uns"
(*ein solches*) *bemerkt er* „selbst aus so junger
zeit in irgend einer hs erhalten, was für
wichtige aufschlüsse über das ganze bisher
erörterte verhältniss (der S. Galler nachbildung
zum originale) müsste es gewähren." *in unseren
bruchstücken nun erblicken wir die überreste eines sol-
chen gedichtes aus guter zeit, leider aber reichen sie
nicht hin über das bezeichnete verhältniss genügenden
aufschluss zu geben. was sie sonst biethen wird der hel-
densage zu gute kommen. sie erscheinen uns als neue,
traurige zeugen dessen, was uns noch alles und viel-
leicht auf immer verloren ist, obwohl die überraschenden*

*) Lateinische gedichte des X und XI jhts. herausg. v. J.
Grimm und Andr. Schmeller Göttingen 1838. s. 101.

funde der letzten decennien zu kühnen hoffnungen ver-
leiten könnten. so, um nur vom Walthariua zu spre-
chen, hat sich die zahl der hss in dem noch nicht völ-
lig verflossenen jahre seit seiner wiedererscheinung bis
zur stunde schon um ein drittheil, und zwar ein sehr
wichtiges, vermehrt. der alte brüsseler codex wird wohl
nicht immer unzugänglich bleiben, besonders nachdem
baron Reiffenberg *im* 5ten bande der Bulletins de
l'Academie royale de Bruxelles unter nro 9 *in seiner*
abhandlung „des légendes poétiques relatives
aux invasions des Huns dans les Gaules et
de poéme de Waltharius" auf die wichtigkeit des-
selben noch näher hingewiesen hat; eine zweite bisher
unbenützte und ältere wiener hs both manche er-
wünschte lesart. haben sich nun von der lateinischen
nachbildung über erwartung viele hss erhalten, so dürfte
die auffindung einer vollständigen aufzeichnung des
leicht noch mehr gelesenen deutschen gedichtes, wohl
auch noch zu hoffen sein; seine existenz ist wenig-
stens von nun an erwiesen.

    Im vorübergehen und da ich eben von den bemü-
hungen des baron Reiffenberg *um den Waltharius*
gesprochen habe, will ich hier mit kurzen worten, mehr
verdient er nicht, einen alten wieder auftauchenden
irrthum in bezug auf die heimat unseres lateinischen
originals beseitigen. baron Reiffenberg *nämlich in*
numer 1 des 3ten bandes der oben erwähnten buletins
s. 45. führt die vermuthung des conte Gian-Fran-
cesco Gallani Napione *an „que l'original de*
ce poéme est venu d'Italie en Bavière dans
le première temps de la domination de prin-
ces d'Este" (also um 1071) und zwar nach dessen
im 4ten bande s. 165 eines werkes de Piemontesi illustri.
Turino 1784 *(die abhandlungen der turiner academie*
enthalten nämlich gar keinen solchen aufsatz Napiones)

*mitgetheilten bemerkungen über unser gedicht. baron
Reiffenberg hat, wie es scheint, diese notiz aus
Seb. Ciampis ausgabe des Turpin. Firenze 1822. s.
XV. entnommen und ich würde ihrer als einer bei ge-
nauerem eingehen in unser lateinisches gedicht, der
untersuchungen Grimms nicht einmal zu gedenken,
wohl bald aufzugebenden vermuthung hier gar nicht er-
wähnen, wenn ich nicht zufällig auf den in anderer be-
ziehung interessanten ursprung des irrthums gelangt
wäre. ich habe nämlich aus (Giov. Galvanis) osser-
vazioni sulla poesia de' trovatori. Modena 1829. s. 15 ff.
ein sehr seltenes in bezug auf die sage von könig Etzel
wichtiges werk kennen gelernt, dessen nahe liegende
verwechslung mit dem Waltharius, besonders nach der
poetischen bearbeitung Çasolas verbunden mit der
dem titel beigegebenen notiz, Napione und seine nachfol-
ger zu jener vindication mag verleitet haben. es führt
den titel: „La Guerra d'Atila Flagello di Dio. Tratto
dallo Archivio de i Principi d'Este. Ferrara per Fran-
cesco de Rossi di Valenza MDLXVIII. 4to. die k. k. hof-
bibliothek zu Wien verwahrt dieselbe editio princeps.
das werk soll ursprünglich von Thomas dem geheim-
schreiber des bischofs Nicetas von Aquileja, also gleich-
zeitig geschrieben, von Nicolao da Casola von Bo-
logna aus dem lateinischen in provenzalische verse,
endlich von Barbieri in italienische prosa übertragen
worden sein. es beschreibt den zug Attilas über Aquileja
weiter nach Ober-Italien, die fürsten von Este, die
herren von Vicenza, Feltre u. s. w. erscheinen darin
als vertheidiger des heimatlichen bodens. — doch zu-
rück zu unseren fragmenten.*

*Die beiden blätter, oder wenn man lieber will,
das doppelblatt auf dem unsere bruchstücke mit zierli-
cher schrift eher der ersten als zweiten hälfte des 13.
jhts sich erhalten haben, bildeten einst die äussersten*

oder *zweiten blätter einer* r e i c h e n *lage eines klein-
quart-codex, wenigstens deutet die äussere wölbung
des einbuges auf den abgang vieler blätter, wofür auch
die dünne des pergamentes spricht. die anfangsbuchsta-
ben der strophen sind theils roth durchstrichen, theils
einfärbig ganz roth oder blau, mit ausnahme der ini-
tiale des zweiten blattes, die verschiedenfärbig ver-
ziert ist. die ober ihr stehende aufschrift ist hellroth. —
eintheilung der zeilen und strophen gibt der abdruck
zu entnehmen, in welchem, um allzukühner ergän-
zungslust doch einige schranken zu setzen, die lücken
getreu wiedergegeben wurden, wie leicht auch hie und
da die herstellung gefallen wäre. ich wollte dem blicke
des kenners freien spielraum gewähren und gründliche-
ren conjecturen nicht meine beirrend vorschieben.*

Als *umschlag einer bücherdecke in kleinoctav ver-
wendet, hat die zweite hälfte unseres blattes von der
scheere des buchbinders arge verstümmlung erlitten.
dem buche selbst, das, wie die lücken des abdruckes
zeigen, zum unglücke gerade ein vielgelesenes sein
musste, so wie seinem ehemaligen aufbewahrungsorte
hab' ich vergebens nachgespürt. Frz. Goldhann zu
Wien, von dessen güte ich die blätter zu geschenk er-
hielt, hat sie in gleichem zustande an sich gebracht
und ihr früherer besitzer erinnert sich nur mehr, das
buch, dem sie als umschlag dienten, mit vielen anderen
und vor langer zeit „aus dem reiche" erhalten zu ha-
ben. hier scheiterten meine nachforschungen, da ich
sie denn doch nicht auf das ganze weiland römische
reich, besonders nach so haltlosen praemissen, ausdeh-
nen mochte.*

Um *die bis jetzt einzigen bekannten bruchstücke
fortan gegen jede, im privatbesitze leichter eintretende,
unbilde zu schützen, hab ich sie auf der hiesigen k. k.
hofbibliothek für immer niedergelegt.*

Schlüsslich sei hier noch bemerkt, dass der in Jo-
hannes Müllers bericht über die altdeutschen hss.
der wiener hofbibliothek (museum, 1, 554) erscheinende
»Herzog von Aquitanien» nicht etwa ein deutscher
Walther, ja nicht einmal ein lateinischer war, sondern
der ganzen zusammenstellung nach, verglichen mit dem
jetzt wie damals vorhandenen, keine andere, als die
unsaubere papierhs. von Hartmanns Gregor (cod.
recens nro. 2256 jetzt 2881 vergl. diutisca 3, 368, was
ganz für mich spricht), sein konnte. die eingangsverse
»Ez ist ein wälhischez lant, Equitânjâ ge-
nant» haben den irrthum veranlasst und wem sind
nicht ärgere noch aus jener periode vorgekommen?

II. MITTELENGLISCHE BALLADEN *).

a) *The Cokwold's Daunce* **).

1 All that wyll of solas lere[1]
Herkyns[2] now, and 3e schall here,
  And 3e kane[3] vnderstond;
Off a bowrd[4] I wyll 3ou schew,
5 That ys full gode and trew,
  That fell some tyme in Ynglond.

Kynge Arthour was off grete honour,
Off castellus and of many a toure,
  And fulle wyde i-know;[5]
10 A gode ensample I wyll 3ou sey,[6]
What chanse befell hym onne a dey,
  Herkyne to my saw.[7]

Cokwoldes he louyd, as I 3ou ply3ht[8]
He honouryd them both dey and ny3ht,

*) *Ich verdanke dieselben der gütigen mittheilung herrn Thomas Wright's Esq. zu London, dem so wie herrn Francisque Michel zu Paris und Dr. Ferdinand Wolf zu Wien als den beiden vermittlern hiemit im namen der wissenschaft mein herzlichster dank zu theil wird. die berührungen unserer balladen mit Heinrichs der âventiure krône, mit* Ulrichs Lanzelet *u. s. w. werden dem kenner nicht entgehen.*

**) *Vergl. Ch. H. Hartshorne ancient metrical Tales. London 1829. p. 209_221. unser text ist aus derselben hs, jedoch nach viel genauerer lesung, was schon ein kurzer vergleich lehren wird. gleiches gilt von* b *und* c.

2

15   In all maner of thynge;
    And, as I rede in story,
    He was kokwold sykerly,[9]
      Fore sothe it is [no] lesynge.[10]

    Herkynges, seres,[11] what I sey,
20 Here may ʒe here solas and pley,
      Iff ʒe wyll take gode hede.
    Kyng Arthour had a bugyll horne
    That ever mour[12] stod hym be-forne,[13]
      Wer so that euer he ʒede.[14]

25 Fore when he was at the borde sete,[15]
    Anone the horne schuld be fette,[16]
      There-off that he myght drynke,
    Fore myche[17] crafte he couth[18] therby,
    And ofte tymes the treuth he sey,
30   Non other couth[19] he thynke.

    Iff any cokwold drynke of it,
    Spyll he schuld with-outen lette,[20]
      Therefore thei wer not glade.
    Gret dispyte thei had therby,
35 Because it dyde them vilony,
      And made them oft tymes sade.

    When the kynge wold hafe solas,
    The bugyll was fett into the plas,[21]
      To make solas and game:
40 And than changyd the cokwoldes chere:

The kynge them callyd ferre and nere,[22]
    Lordynges by there name.

Than men my3ht se game inow3e,[23]
When every cokwold on other leu3e;[24]
45   And 3it thei schamyd[25] sore.
Where euer the cokwoldes wer sou3ht,
Before the kynge thei were brou3ht,
    Both lesse and more.

Kynge Arthour than, verament,[26]
50 Ordeynd throw his awne[27] assent,
    Soth as I 3ow sey,
The tabull dormounte[28] with=outen lette;
There at the cokwoldes wer sette,
    To haue solas and pley.

55 Fore at the bord schuld be non other,
Bot euery cokwold and hys brother,
    To tell treuth I must nedes.
And when the cokwoldes wer sette,
Garlandes of wylos[29] schuld be fette,
60   And sett vpone ther hedes.

Off the best mete, with=oute lesynge,[30]
That stode on bord before the kynge,
    Both ferre and nere,
To the cokwoldes he sente anone,
65 And bad them be glad euerychone,[31]
    Fore his sake make gode chere.

And seyd, "lordynges, fore зour lyues,
Be neuer the wrothere[32] with зour wyues,
   Fore no maner of nede:
70 Off women come duke and kynge,
I зow tell with=oute lesynge,
   Of them come owre manhed."

So it be=fell, serteynly,[33]
The duke off Gloseter come in hyзe[34]
75   To the courte with full gret myзht.
He was reseyued at the kynges palys
With mych honour and grete solas,
   With lordes that were well dyght.[35]

With the kynge ther dyde he duell,
80 Bot how longe I can not telle,
   Thereof knaw I non name.[36]
Off kynge Arthour a wonder case,
Frendes, herkyns how it was,
   Fore now be=gynnes game.

85 Vppone a dey, with=outene lette,
The duke with the kynge was sette
   At mete with mykell [37] pride.
He lukyd abowte wonder faste,
Hys syght on euery syde he caste,
90   To them that sate be=syde.

The kynge aspyed [38] the erle anone,
And fast he lowзhe the erle vpone,[39]

And bad he schuld be glade:
And ʒit for all hys grete honour,
95　Cokwold was kynge Arthour,
　　　Ne galle[40] non he hade.

So at the last the duke he brayd,[41]
And to the kynge this wordes [sayd],[42]
　　　He myʒht no lenger fore=bera:
100　fSyre, what hath this men done,
That syche garlondes thei were vpone,
　　　That skyll[43] wold I lere."

The kynge seyd the erle to,
"Syre, none hurte thei haue do,
105　　　Fore this was thruʒht a chans;[44]
Sertes, thei be fre men alle,
Fore non of them hath no galle,
　　　　There for this is ther penans.

There[45] wyues hath be merchandabull,
110　And of ther ware compenabull,[46]
　　　Me thinke it is nou herme;[47]
A man of lufe that wold them craue,[48]
Hastely he schuld it haue,
　　　Fore thei couth not hym werne.[49]

115　All ther wyues, sykerlyke,[50]
Hath vsyd the baske=fysyke,
　　　Whyll this men wer oute:
And oft thei haue draw that drauʒht

To vse wele the lecherus craft,
120   With rubynge of ther toute.[51]

Syre, "he seyd," now haue I redd: [52]
Ete we now, and make vs glad,
    And euery man fle care."
The duke seyd to hym anone,
125 "Than be thei cokwoldes euerychone."
    The kynge seyd, "hold the there."[53]

The kynge than, after the erlys word,
Send to the cokwoldes bord,
    To make them mery amonge,
130 All maner of mynstralsy
To glad the cokwoldes by and by,
    With herpe, fydell, and songe:

And bad them take no greffe,[54]
Bot all with loue, and with leffe,[55]
135   Euery man with other;
Fore after mete with-oute distans,[56]
The cokwoldes schuld together danse,
    Euery man with hys brother.

Than be-gane a nobull gamme,
140 The cokwoldes to-gether samme,[57]
    Before the erle and the kynge:
In skerlet kyrtells on [and] one [58]
The cokwoldes stodyne euerychone [59]
    Redy vnto the dansynge.

145 Than seyd the kyng in hye,[60]
"Go fyll my bugyll hastely,
    And brynge it to my hond;
I wyll asey with a gyne[61]
All this cokwold[es] that here is in,
150   To knaw them wyll I found."[62]

Than seyd the erle, "fore charyte,
In what skyll,[63] telle me,
    A cokwold may I know?"
To the erle the kynge ansuerd,
155 "Syre, be my hore berd,
    Thou schall se with=in a throw."

The bugull was brouȝt the kynge to hond:
Then seyd the kynge, "I vnderstond,
    Thys horne that ȝe here se,
160 There is no cokwold fere ne nere[64]
Here of to drynke hath no powere,
    As wyde as crystiante,

Bot he schall spylle on euery syde
Fore any cas that may be=tyde
165   Schall non ther of avanse."[65]
And ȝit fore all hys grete honour,
Hymselfe noble kynge Arthour
    Hath forteynd syche a chans.[66]

"Syre erle," he seyd, "take and begyne."
170 He seyd, "nay, be seynt Austyne,

That wer to me vylony.
Not, fore all a neme to wyne,[67]
Be=fore ȝou I schuld begyne,
Fore honour off my curtassy."

175 Kynge Arthour ther he toke the horne,
And dyde as he was wont beforne,
,   Bot ther was ȝit gone a gyle;[68]
[Fore][69] he wend to haue dronke of the
best,
Bot sone he spyllyd on hys brest,
180   With=in a lytell whyle.

The cokwoldes lokyd jche[70] on other,
And thouȝt the kynge was ther awne bro-
ther,
.   And glad thei wer of that:
"He hath vs scornyd many a tyme,
185 And now he is a cokwold fyne
To were a cokwoldes hate."

The quene was ther of schamyd sore,
Sche changyd hyre colour lesse and mour,
And wold haue bene a=wey.
190 There=with the kynge gane hyre be=hold,
And seyd he schuld neuer be so bold
The soth aȝene to sey.

„Cokwoldes no mour I wyll repreue,[71]
Fore I ame one, and aske no leue,

195   Fore all my rentes and londys.
Lordynges, all now may ȝe know,
That I may dance in the cokwold row, .
And take ȝou by the handes."

Than seyd thei all at a word,
200 That cokwoldes schuld begynne the bord,
And sytt hyest in the halle.
«Go we, lordinges, all samme,[72]
And dance to make vs gle and gamme,
Fore cokwoldes haue no galle."

205 And after that, sone anone,
The kynge causyd the cokwoldes ychone[73]
To wesch, with-outen les;[74]
Fore ought that euer may be-tyde
He sett them by hys awne syde,
210   Vp at the hyȝe dese.[75]

The kynge hym-selff a garlond fette,
Vppone hys hede he it sette,
Fore it myght be non other:
And seyd, „lordynges, sykerly,
215 We be all off a freyry,[76]
I ame ȝour owne brother.

Be Jhesu cryst, that is a-boffe,[77]
That man aught me gode loffe[78]
That ley by my quene;
220 I wer worthy hym to honour,

3

Both in castell and in towre,
    With rede skerlyt and grene:

Fore he me helpyd, when I was forth,
To chere my wyfe and make here myrth,
225   Fore women louys wele pley.
And therfore, serys, haue ʒe no dowte,
Bot many schall dance in the cokwoldes.
                            rowte,
    Both by nyght and dey.

And therfore, lordynges, take no care,
230 Make we mery, fore no thinge spare,
    All brether in one rowte."
Than the cokwoldes wer full blythe,
And thankyd God a . C . syth,
    Fore soth with outen doute.

235 Euery cokwold seyd to other,
"Kynge Arthour is owre awne brother,
    Therefore we may be blythe."
The erle off Glowsytour, vereament,
Toke hys leue, and home he wente,
240   And thankyd the kynge fele sythe.[79]

Kynge Arthour left at Skarlyone,[80]
With hys cokwoldes eurychone,
    And made both game and gle.
A knyght ther was, with outhen les,
245 That serued at the kynges des,

Syre Corneus hyȝht he;
IIe made this gest in hys game,
And namyd it after hys awne name,
In herpynge, or other gle.

250 And after, nobull kynge Arthour
Lyued and dyȝed[81] with honour,
As many hath done senne,[82]
Both cokwoldes and other mo.[83]
God gyff vs grace that we may go
255   To heuyne. Amen. Amen.

---

b) *The Boy and the Mantle* *).

1 In the third day of May,
   To Carleile did come
A kind curteous child,
   That cold[1] much of wisdome.

5 A kirtle and a mantle
   This child had uppon,
With [brouches][2] and ringes
   Full richelye bedone.[3]

---

*) *Vergl. (Th. Percy) Reliques of ancient english poetry.*
London, 1823. tom III p. 263—271.

3 *

He had a sute of silke
10 About his middle drawne;
Without he cold[4] of curtesye
  He thought itt much shame.

"God speed the, king Arthur,
  Sitting at thy meate:
15 And the goodly queene Guenever,
  I cannott her forgett.

I tell you, lords in this hall,
  I hett[5] you all to heede;
Except you be the more surer,
20 Is for you to dread."

He plucked out of his poterner,[6]
  And longer wold not dwell,
He pulled forth a pretty mantle,
  Betweene two nut-shells.

25 "Have thou here, king Arthur,
  Have thou heere of mee;
Give itt to thy comely queene
  Shapen as itt is alreadye.

Itt shall never become that wiffe
· 30 That hath once done amisse."
Then every knight in the kings court
  Began to care for his.[7]

Forth came dame Guenever,
 To the mantle shee her [hied];[8]
35 The ladye shee was newfangle,
 But yett shee was affrayd.[9]

When shee had taken the mantle,
 She stoode as shee had beene madd;
It was from the top to the toe
40 As sheeres had itt shread[10]

One while was it gaule,[11]
 Another while was itt greene,
Another while was it wadded;[12]
 Ill itt did her beseeme.

45 Another while was it blacke,
 And bore the worst hue.
"By my troth," quoth king Arthur,
 "I thinke thou be not true."

Shee threw downe the mantle,
50 That bright was of blee;
Fast, with a rudd[13] redd,
 To her chamber can shee flee.

She curst the weaver and the walker[14]
 That clothe that had wrought;
55 And bade a vengeance on his crowne
 That hither hath itt brought.

"l had rather be in a wood,
  Under a greene tree,
 Then in king Arthurs court
60 Shamed for to bee."

 Kay called forth his ladye,
  And bade her come neere;
 Sais, "Madam, and thou be guiltye,
  I pray thee hold thee there."

65 Forth came his ladye
  Shortlye and anon;
 Boldlye to the mantle
  Then is shee gone.

 When she had tane the mantle,
70 And cast it her about;
 Then was shee bare
  [All above her tout].[15]

 Then every knight
  That was in the kings court
75 Talked, laug[h]ed, and showted,
  Full oft att that sport.

 Shee threw downe the mantle,
  That bright was of blee;
 Fast with a red rudd,
80 To her chamber can shee flee.

Forth came an old knight
    Pattering ore a creede,
And he proferred to this litle boy
    Twenty markes to his meede;

85 And all the time of the Christmasse
    Willinglye to ffeede;
For why[16] this mantle might
    Doe his wiffe some need.

When she had tane the mantle
90   Of cloth that was made,
Shee had no more left on her
    But a tassell and a threed.
Then every knight in the kings court
    Bade evill might shee speed.

95 Shee threw downe the mantle,
    That bright was of blee;
And fast, with a redd rudd,
    To her chamber can shee flee.

Craddocke called forth his ladye,
100   And bade her come in;
Saith, „Winne this mantle, ladye,
    With a litle dinne.

Winne this mantle, ladye,
    And it shal be thine,

105 If thou never did amisse
      Since thou wast mine."

Forth came Craddockes ladye
      Shortlye and anon;
But boldlye to the mantle
110   Then is shee gone.

When she had tane the mantle
      And cast it her about,
Upp att her great toe
      It began to crinkle and crowt.[17]
115 Shee said, "bowe downe, mantle,
      And shame me not for nought.

Once I did amisse,
      I tell you certainlye,
When I kist Craddockes mouth
120   Under a greene tree;
When I kist Craddockes mouth
      Before he marryed me."

When shee had her shreeven,[18]
      And her sines shee had tolde,
125 The mantle stoode about her
      Right as shee wold:

Seemelye of coulour,
      Glittering like gold.

Then every knight in Arthurs court
130   Did her behold.

Then spake dame Guenever
     To Arthur our king,
«She hath tane yonder mantle,
     Not with right, but with wronge.

135 See you not yonder woman
     That maketh her self soe cleane?
I have seene tane[19] out of her bedd
     Of men fiveteene;

Priests, clarkes, and wedded men
140   From her by•deene:[20]
Yett shee taketh the mantle,
     And maketh herself cleane.»

Then spake the litle boy
     That kept the mantle in hold,
145 Sayes, «king, chasten thy wiffe,
     Of her words shee is to bold.

Shee is a bitch, and a witch,
     And a whore bold:
King, in thine owne hall
150   Thou art a cuckold.»

The litle boy stoode
     Looking out a dore;

[And there as he was lookinge
    He was ware of a wyld bore.][21]

155 He was ware of a wyld bore,
        Wold have werryed[22] a man:
    He pulld forth a wood kniffe,
        Fast thither that he ran:
    He brought in the bores head,
160   And quitted him like a man.

    He brought in the bores head,
        And was wonderous bold:
    He said there was never a cuckolds kniffe
        Carve itt that cold.

165 Some rubbed their knives
        Uppon a whetstone:
    Some threw them under the table,
        And said they had none.

    King Arthur and the child
170   Stood looking upon them:
    All their knives edges
        Turned backe againe.

    Craddocke had a litle knive
        Of iron and of steele,
176 He birtled[23] the bores head
        Wonerous weele,

That every knight in the kings court
    Had a morseell.

The litle boy had a horne
180   Of red gold that ronge,
He said, «there was noe cuckolde
    Shall drinke of my horne;
But he shold it sheede,
    Either behind or beforne.»

185 Some shedd on their shoulder,
    And some on their knee;
He that cold not hitt his mouthe,
    Put it in his eye:
And he that was a cuckold
190   Every man might him see.

Craddocke wan the horne
    And the bores head:
His ladie wan the mantle
    Unto her meede.
195 Everye such a lovely ladye
    God send her well to speede.

c) *The Boy and the Mantle* *).

1 In Carleile dwelt king Arthur,
        A prince of passing might,
   And there maintain'd his table round,
        Beset with many a knight.

5 And there he kept his Christmas
        Whit mirth and princely cheare,
   When, lo! a straunge and cunning boy
        Before him did appeare.

   A kirtle and a mantle
10   This boy had him upon,
   Whit brooches, rings, and owches,²⁴
        Full daintily bedone.

   He had a sarke²⁵ of silk
        About his middle meet;
15 And thus, with seemely curtesy,
        He did king Arthur greet.

   «God speed thee, brave king Arthur,
        Thus feasting in thy bowre;
   And Guenever thy goodly queen,
20   That fair and peerlesse flowre.

*) *Vergl.* (*Percy*) *l. c. tom IV. p. 240—247.*

Ye gallant lords and lordings,
  I wish you all take heed,
Lest what ye deem a blooming rose
  Should prove a cankred weed."

25 Then straitway from his bosome
    A litle waud he drew;
  And with it eke a mantle
    Of wondrous shape and hew.

"Now have thow here, king Arthur,
30   Have this here of mee,
  And give unto thy comely queen,
    All shapen as you see.

No wife it shall become,
    That once hath been to blame."
35 Then every knight in Arthurs court
    Slye glaunced at his dame.

And first came lady Guenever,
    The mantle she must trye.
  This dame she was new-fangled,
40   And of a roving eye.

When she had tane the mantle,
    And all was with it cladde,
  From top to toe it shiver'd down,
    As tho with sheers beshradde.

45 One while it was too long,
    Another while too short,
And wrinkled on her shoulders
    In most unseemly sort.

Now green, now red it seemed,
50   Then all of sable hue.
"Beshrew me," quoth king Arthur,
    "I think thou beest not true."

Down she threw the mantle,
    Ne longer would not stay,
55 But, storming like a fury,
    To her chamber flung away.

She curst the whoreson weaver
    That had the mantle wrought,
And doubly curst the froward impe
60   Who thither had it brought.

"I had rather live in desarts,
    Beneath the green wood tree,
Than here, base king, among thy groomes,
    The sport of them and thee."

65 Sir Kay call'd forth his lady,
    And bade her to come near;
"Yet, dame, if thou be guilty,
    I pray the now forbear."

This lady, pertly gigling,
70   With forward step came on,
And boldly to the little boy
    With fearless face is gone.

When she had tane the mantle,
    With purpose for to wear,
75 It shrunk up to her shoulder,
    And left her backside bare.

Then every merry knight
    That was in Arthurs court
Gib'd, and laught, and flouted,
80   To see that pleasant sport.

Downe she threw the mantle,
    No longer bold or gay,
But, with a face all pale and wan,
    To her chamber slunk away.

85 Then forth came an old knight,
    A pattering o'er his creed,
And proffer'd to the little boy
    Five nobles to his meed.

"And all the time of Christmass
90   Plumb porridge shall be thine,
If thou wilt let my lady fair
    Within the mantle shine."

A saint his lady seemed,
      With step demure and slow,
95 And gravely to the mantle
      Whit mincing pace doth goe.

When she the same had taken,
      That was so fine and thin,
It shrivell'd all about her,
100   And show'd her dainty skin.

Ah! little did h e r mincing
      Or h i s long prayers bestead;
She had no more hung on her
      Than a tassel and a thread.

105 Down she threwe the mantle,
      With terror and dismay,
And, with a face of scarlet,
      To her chamber hyed away.

Sir Cradock call'd his lady,
110   And bade her to come neare:
«Come, win this mantle, lady,
      And do me credit here.

Come, win this mantle, lady,
      For now it shall be thine,
115 If thou hast never done amiss
      Sith first I made the mine.»

The lady, gently blushing,
    With modest grace came on,
And now to trye the wondrous charm
120   Courageously is gone.

When she had tane the mantle,
    And put it on her backe,
About the hem it seemed
    To wrinkle and to cracke.

125 "Lye still," shee cryed, «O mantle!
    And shame me not for nought,
I'll freely own whate'er amiss
    Or blameful I have wrought.

Once I kist sir Cradocke
130   Beneathe the green-wood tree;
Once I kist sir Cradocke's mouth
    Before he married mee."

When thus she had her shriven,
    And her worst fault had told,
135 The mantle soon became her
    Right comely as it shold.

Most rich and fair of colour,
    Like gold it glittering shone:
And much the knights in Arthurs court
140   Admir'd her every one.

Then towards king Arthur's table
 The boy he turn'd his eye,
Where stood a boar's head garnished
 With bayes and rosemarye.[26]

145 When thrice he o'er the boar's head
 His little wand had drawne,
Quoth he, "There's never a cuckold's knife
 Can carve this head of brawne."

Then some their whittles rubbed
150 On whetstone and on hone:
Some threwe them under the table,
 And swore that thay had none.

Sir Cradock had a little knife
 Of steel and iron made,
155 And in an instant thro' the skull
 He thrust the shining blade.

He thrust the shining blade
 Full easily and fast;
And every knight in Arthur's court
160 A morsel had to taste.

The boy brought forth a horne,
 All golden was the rim:
Saith he, "No cuckolde ever can
 Set mouth unto the brim:

165 No cuckolde can this little horne
      Lift fairly to his head,
But or on this or that side
      He shall the liquor shed.»

      Some shed it on their shoulder,
170   Some shed it on their thigh;
And hee that could not hit his mouth
      Was sure to hit his eye.

      Thus he that was a cuckold
      Was known of every man.
175 But Cradock lifted easily
      And wan the golden can.

      Thus boar's head, horn, and mantle
      Were this fair couple's meed:
And all such constant lovers
180   God send them well to speed.

      Then down in rage came Guenever,
      Ant dhus could spightful say,
«Sir Cradock's wife most wrongfully
      Hath borne the prize away.

185 See yonder shameless woman
      That makes herselfe so clean:
Yet from her pillow taken
      Thrice five gallants have been.

      4 *

Priests, clerkes, and wedded men
190   Have her lewd pillow prest;
Yet she the wonderous prize, forsooth,
    Must beare from all the rest."

Then bespake the little boy,
    Who had the same in hold, —
195 "Chastize thy wife, king Arthur,
    Of speech she is too bold:

Of speech she is too bold,
    Of carriage all too free;
Sir king, she hath within thy hall
200   A cuckold made of thee.

All frolick, light, and wanton
    She hath her carriage borne,
And given thee for a kingly crown
204   To wear a cuckold's horne."

Notes on the "Cokwolds Daunce."

1 solas. *solace, comfort,*   lere *learn.*
2 Hearken,
3 Ye can
4 a jest, *laughable story.*
5 known,
6 ₃ou sey, *say to you, tell you,*
7 Hearken to my saying, to my story (saga)
8 I plight, or pledge myself to you.

9 *surely, certainly,*

10 *lesynge, falsehood. — From Sir F. Madden's collation*
it would appear that the Ms. has „For sothe it is
an lesynge," i. e. In truth it is a falshood,"
but it is evident that the word „an" is erroneous, and
I have ventured to substitute „no" between crotchets
— „In truth it (the story I tell you) is no false-
hood."

11 *sirs.*

12 *more.*

13 *before.*

14 *went — „Wheresoever he went."*

15 *sat at the bord, or table.*

16 *fetched.*

17 *Much,*

18 *knew.*

19 *could.*

20 *without hindrance, without fail.*

21 *place*

22 *far and near.*

23 *enough, sufficient.*

24 *laughed.*

25 *were ashamed (sceomian, Anglo-Sax.)*

26 *truly*

27 *own*

28 *This expression occurs in the Scala Cronicon, by*
Thomas Gray, Ms. Bibl. Corp. C. Col. Cant. No. 133.
fol. 159. where it is said of the murderers of Tho-
mas Beket, archbishop of Canterbury — „Del hour
qils auoint tue le dit saint erceuesque, ils deuin-
drent si descounfitz, qils perderent tot countenaunz :
ne fesoient nul demore en la cite de Cantorbirs :
seztreyerent a Storey, vne manoir del erceuesque
ioust la cite : deucsterent lour haubreiouns sure lez
tables dormauntz, en vn chaumbre du dit ma-

noir: lez queux tablis dormauntz croulerent et tremblerent a la gyse, qe lez haubers ne purroient sure iesure, mais touz iours enietterent a tere.» *From this anecdote it would seem that the table dormount was a table fixt to the floor or wall of the room so as to be immovable, which immovable table, in this instance, miraculously shook itself, so as to throw down the haubergeons of the murderers of St. Thomas. The word occurs again in "King Edward and the Shepherd,» Ms. Bibl. Pub. Cant. Ff. 5. 48. —*

> "The Kyng commandit the steward tho
> To the scheperde for to go,
>   And pray hym specially,
> A tabul dormant that he begynne,
> Then shal we law~~3~~ that be here in
>   Off his rybaudy.»

29 *willows.*
30 *without falshood.*
31 *ever each one, i. e. every one.*
32 *more angry.*
33 *certainly.*
34 *High.*
35 *decked, apparailed.*
36 *? no more.*
37 *much.*
38 *espied, was.*
39 *and he laughed fast upon the earl.*
40 *nor equal: perhaps it should be printed* negalle, *by crasis for* ne egalle. *However it is no uncommon thing to find the* e *initial dropped in words of this form.*
41 *arose.*
42 *the manuscript has* spake; *evidently an error of the*

transcriber for its synonym sayd, which I have sub-
stituted for it in the text,

48 *cause, „Sir, what have these men done that they*
weare upon them such garlands, I would learn the
cause.

44 *for this was through a chance,*

45 *Their.*

46 *and liberal of their ware, or merchandise. I do not*
know what to make of the word c o m p e n a b l e.

47 *It appears to me that it is no harme: thinken is both*
an active and a neuter verb, from the A. S.

48 *a man that would crave love of them.*

49 *for they could not deny (o r refuse) him.*

50 *surely, of a certainty,*

51 *toute, le cul.*

52 *told, related.*

53 *the king said „hold thee there° — keep to that opi-*
nion, i. e. you are right,

54 *grief.*

55 *love, affection,*

56 *without discord.*

57 *collected together — the expression is pure saxon:*
in Beowulf, lin. 2119, we have —

> „þær wæs sang and swég
> s a m o d æt - g æ d e r e.°

> „There was song and noise
> c o l l e c t e d t o g e t h e r.°

58 *one and one: In the incorrect edition of Hartshor-*
ne this passage is printed „In skerlet kyrtells on
one,° of which it is not easy to make either sense
or rythm. It seems to be somewhat doubtful in the
Ms. whether there is not an abbreviature, and Sir
F. Madden conjectures in his collation that it is in-
tended for „ouer one.° However I have little doubt

*that the proper reading is as I have given it in the
text. The same phrase occurs in the metrical legend
of* Owayne Myles, *Ms. Cotton. Calig. A. II. fol. 92.
last line but one ,*

> „Ffor yet have we not that dygnyte
> To come before his mageste.
> But o o n a n d o n, as he wyll calle,
> At the leste we shall come all.″

59 *stood every one.*
60 *high.*
61 *I will assay (try) with a contrivance (*en g in*).*
62 *to know them will I try.*
63 *cause, manner.*
64 *far nor near.*
65 *escape therefrom (?)*
66 *hath fortuned such a chance.*
67 *for to win all a realm.*
68 *but there was yet begun a guile.*
69 *I have ventured to substitute the word* fore *(i. e. for)
in place of* bot, *which latter word seems to have co-
me in by the gingling of the same word, at the be-
gining of the preceding and following lines, in the
ears of the copyist of the manuscript.*
70 *each.*
71 *blame.*
72 *all together.*
73 *each one, each.*
74 *without falsehood.*
75 *up at the high dais.*
76 *brotherhood.*
77 *above.*
78 *owed me good love.*
79 *many times.*
80 *Caerleon,*

81 *lived and died.*
82 *since.*   •
83 *other more.*

Notes on the Boy and the Mantle.

1 *knew.*
2 *brooches, the reading of Percy's manuscript was*
  branches.
3 *wrought.*
4 *unless he knew.*
5 *command.*
6 *pocket, or pouche, according to Percy; in the Ms. it*
  was poterver.
7 *his* wiffe, *the reading of the Ms.*
8 bided, *in the Ms.*
9 *perhaps this line ought to be »But yet shee (ne) was*
  affrayd.»
10 *cut in sheeds.*
11 *gule, red.*
12 „*wadded,* perhaps from *woad:* i. e. of a light blue
   colour.» *Percy.*
13 *complexion.*
14 *fuller of cloth.*
15 *Percy has here substituted, between crochets, in-*
   stead of the reading of his manuscript, »[before
   all the rout]ε, why, I cannot tell. It will ap-
   pear evident, by comparing the corresponding line
   in the more modern copy of this ballad, which
   follows, that the line I have ventured to print must
   be nearer the original. The word tout *occurs, and*
   is explained, in the »Cokwoldes Daunce.»
16 For why, *and* for thi,
17 *to pucker up*
18 *confessed*
19 *taken*

20 *in a short time.*

21 *so Percy, without any note.*

22 *worried.*

23 *carved- Percy, unnecesarily, substitutes* britled.

24 „bosses or buttons of gold." *Percy.*

25 *shirt.*

26 *The different mode in which the boar's head is intro-
duced in these two ballads seems to mark strongly
the difference of the age in which they were writ-
ten. One of the old customs which were long pre-
served in England was that of having a boar's head
introduced at Christmas, with songs and various
ceremonies peculiar to that occasion, and the wri-
ter of the latter ballad seems to have thought that
this circumstance would be much more fitted to the
taste and understanding of those who were to sing
it, than that of boars running wild about the coun-
try. He has therefore (see Stanza II.) changed the
time at which king Arthur hold his court from May
to Christmas. Thomas Hearne in his notes to Wil-
liam of Newbury (vol. III. p. 745) has printed a
song, written for this occasion, from a black let-
ter collection of carols printed by Wynkyn de
Worde. Ritson, in his ancient songs, has given
the following „from the editor's folio Ms."*

> „The borys hede that we bryng here
> Be-tokeneth a prince with-owte pere,
> Ys borne this day to bye vs dere,
>
> Nowell. (i. e. no e l.)

> A bore ys a souerayn beste,
> And acceptab[l]e in euery feste,
> So mote thys lord be to moste and leste,
>
> Nowell.

This borys hede we bryng with song,
In worchyp of hym that thus sprang,
Of a virgyne to redresse all wrong,
                          Nowell.

*From a carol preserved in Ms. Sloan. Nro. 2593 in
the British Museum (also printed by Ritson in the
same volume), it would appear that the same cus-
tom was observed on St. Stephen's day :*

Seynt Steuene was a clerk in Kyng Herowds halle,
And seruyd him of bred and cloth as euer Kyng be-
                          falle.

Steuyn out of kechon cam with boris hed on honde,
He saw a sterre was fayr and bryȝt ouer Bedlem stonde.

He kyst a doun the bores hed and went in to the halle,
I for-sak the Kyng Herowds and thi werks alle.

I forsake the kyng Herowds and thi werks alle,
Ther is a chyld in Bedlem born is beter than we alle,
                          etc.

*The custom appears to be still preserved at Oxford.
In the „Table Book; by William Hone," (Lond.
1827), a correspondent gives the following song,
closely resembling that preserved by Hearne, as
sung „at present" in Queen's college, Oxford, on
Christmas-day. He heard it chanted in the college
hall in 1810. I believe that it is an effigy of a
boar's head, carved in wood, which is brought
to the table.*

A boar's head in hand bear I,
Bedeck'd with bays and rosemary;
And I pray you, my masters, be merry,

                          5 *

Quot estis in convivio; —
Caput apri defero,
Reddens laudes Domino.

The boar's head, as I understand,
Is the rarest dish in all this land,
And when bedeck'd with a gay garland,
    Let us servire cantico. —
    Caput apri defero,
    Reddens laudes Domino.

Our steward hath provided this,
In honour of the king of bliss:
Which on this day to be served is
    In reginensi atrio. —
    Caput apri defero,
    Reddens laudes Domino *).

London.   *Thomas Wright.*

*) *Diesen interessanten erörterungen schliessen wir noch nachstehende notiz aus nro. 16 der allgemeinen zeitung vom 16 jänner l. js. an: „Hierbei gedenken wir eines eigenthümlichen weihnachtsgebrauches, der im Queens-College zu Oxford besteht. am kristtage wird daselbst ein mit stechpalmen gekroenter bärenkopf ausgestellt. dieser bärenkopf wird processionsweise in den strassen herumgetragen und bei dieser ceremonie eine alte ballade gesungen. das volk drängt sich in menge um dieses siegeszeichen, dessen ursprung die volkssage also erzählt: „ein mitglied des collegiums der königin ging in dem sothower walde spazieren und las den Aristoteles mit grösster aufmerksamkeit, als es von einem bären angegriffen wurde. der unerschrockene collegiat erwartete das thier, stiess im das buch in den rachen und erstickte es, indem er ausrief: „graecum est! friss, es ist griechisch!"*

III. HISTORISCHES VOLKSLIED.

Ein neues Liedt von den Rebellischen
Paurn krieg, wasz sich neulicher zeit
mit Innen zu Lanngenleusz *) begeben
hat In than wie man singt von einer
faullen Diern da wil ichs heben an.
1597.

fol. 1. a.

Gesang
von den
Rebellischen
Paurn
Oesterreich
under der
Enns

~~597.~~

1 Weill Rusticus der Paur
   will sein ein Edlman,
   Es wiert im werden Sauer,
   do leith nit vill doran.
5 weill sye thain widerstreben
   der frumben Obrigkhait,
   die in Gott hat gegeben,
   ists nit ein teüflisch leben?
   Sie sprechen fein
10 Sie dörffen khein
   herren allain
   in hochmuet sich erheben,
   wellen selber herren sein.

———

*) *Langenlois V. O. M. B. bei Krems.*

Haben Inen fürgenommen
15 sie wöllen nemen ein
Stet, Schlösser zu bekhomen
miessen ir eigen sein,
mit in schaffen und gebietten,
wie man so vor Augen sieht,
20 welcher nit wil in gueten,   fol. 1. b.
Der muesz sich vor in hieten.
ain Redlicher Man
Offt Laufft doruan,
der nichts hat than;
25 vor der khnolfinckchen wehren,
dorf sich nit sehen Lohn.

———

Bey dreymall hundert Thausend
hoben zusamen geschworn,
das einem darob grauset,
30 das thuet dem Adl zorn.
wolten sie mit In Rauffen
darczue dreyb sie die noth,
weill sie zusamen Lauffen
gleichwie ein Ameszhauffen.
35 man muesz in wehren
vnd in zustern;
thuets woll nit gern,
Es steht gleich auf Ein Schrauffen
wos glickh sich wil hinkhern.

———

40 Ainsz Het ich schier vergessen,
    das khan vnd mag nit sein:
    hoben sich offt vermessen
    Raab woltens nemen ein,
    Stadt Ofen auch gewinnen
45 vnd das gancz Vnnger Landt.
    Ehe sie zugen von hinnen
    wuerdensz woll halb entrinnen! fol. 2. a.
    das Gott sey khlagt,
    sie sein verzagt,
50 ich habs erfragt.
    mit weisen khlugen sinnen
    man sie balt schröekht vnd Jagt.

————

    Nun welt Ir hören weiter
    wer Ire Haubtleith seint?
55 Es sein Schuester vnd schneider
    vnd annders Lumpengsint.
    Peckhen, schmit vnd Fleischhakher
    nuer alsz Maneidige leith.
    Sie stellen sich gancz wakher
60 in Ihren Peitel zwakhen,
    als ich Euch melt,
    nemens Schmur gelt.
    im weiden felt,
    Offt auf ain grienen Ackher,
65 Brauchen gar khainen Zelt.

————

Den Peitl thain sie spuekchen,
machen Ir taschen voll.
das gelt sie haim hin schickchen,
es thuets den Paurn woll.
70 wann sie das gelt erhaschen
so lauffen sie daruon,
lassen die Pauren Poschen
mit Iren Lehren Taschen.
Hunger vnd frost,
75 das ist Ir Chost,
ein khleczenmosst.
die haubtleith ausz der floschen
Sauffen wein ganncz getrosst.

Noch ainsz thuet mich vertriessen, fol. 2. b.
80 das kriegsleith wellen sein!
mit gapl und alten spiessen
da Lauffen sie herein.
Sie lassens in nit sagen
der Puekhl juekht sie sehr.
85 wiert man in den zerschlagen
sie dörffens niemandt klagen.
stolcz und hochmuet
thuet selten guet.
Ir aigne Rueth
90 über sie selbs zu tragen,
zu uergiessen gar vil Bluet.

Leusz wolten sie beczwingen
mit grosser Höres Crafft
vnd tet bolt vmbringen
95 die gancze Burgerschafft.
sie solten ein Aidt schwören
zu Irer Campanier;
sie woltens Ordinieren
alle ding Renoviren
100 wiesz vor
gewesen wor.
vor langer Jor.
Es will in nit gebieren,
dos sag ich lauter vnd klor.

———

105 Leusz wolt sich nit ergeben
ohn diesen Pauren khneht,
drauf Stundt in leib vnd leben.
Gott ober schickh es reht.
ein Hausz fieng an zu brinen.
110 dos die Pauren erschröckht,
sie Loffen all von hinen
allsz weren sie nit bey Sinen.
Gott gib in driesz,
Buchsen vnd Spiesz,
115 schuech an die füesz.
Comiss Seckh vnd Rorok dorinnen
alles dahinder Liesz.

———

       Funfzig Thausend bey hauffen
       man da der Pauren sach.
120 ain hundt der kham gelauffen,
       ain altes Peirl sprach:
       ein hundt Laufft her von weiden,
       der gehört den Raisigen zue!
       werden Bolt hernoch Reiten,
125 wier wöllen nit lang beiden
       Laufft all daruon!
       wer lauffen khan,
       der gibt ein Man.
       werfft Eur wehr bey seiten,
130 das man Recht Lauffen khan!

       ———

       Sie sein wie die Heischreckhen
       und nemen vberhandt,
       vil vnglickh sie erweckhen,
       fressen auf in dem Landt!
135 stöllen sich wie die Enngl.
       glaub der Teufel Regiert
       die groben Pauern Pengl.
       Rechte felt glockhen Schwengl!
       Durch sie da wert
140 alles verhört
       und ganz verzert.
       dornach so leit man mengl,
       wie man schon sieht und spiert.

       ———

145 Das Liedt dos will ich schenkhen
     der fromben Obrigkeit,
     dos sie dorbey gedenckhen,
     wie man vor Langer zeyt
     gueten frydt hot erholten
150 in vnsern teitschen Lanndt,
     bey vnnsern voreltern
     den friden nit zerspalten.
     gott geb die zeit,
     dos ainigkhait
155 wert zueberait!
     der fromb gott muesz es wolten,
     der sey gewenedeit! Amen.

Aus einer gleichzeitigen hs früher im besitze des pfarrers Wallner *zu* Heil. kreuz *bei* Kirchdorf *im Traunkreise Oesterreichs ob der Enns, jetzt durch denselben im vaterländischen museum zu Linz niedergelegt (siehe Warte an der Donau, erster vierteljahrsbericht des museums für 1839). Man vergleiche über die veranlassung dieses für die innere geschichte des landes wichtigen spottliedes, das, nach vers 79 ff. zu schliessen, auf der kaiserlichen feldtrommel mag entstanden sein,* Khevenhüllers *annalen* 4, 1720. Mitterdorffers conspectus hist. univ. Vindob. 3, 71. Codex austriacus 2, 205. Rauppachs *evangel.* Oesterreich 4, 118. Schrams *chronicon mellicense und die übrigen zu diesem Jahre, ferner* Kaltenbaeck's *österreichische zeitschrift f. geschichts- und staatskunde, jahrgg.* 1, s. 73, ff. *und s.* 800, *dann jahrgg.* 3, s. 312 *u. s. w.*

IV. LEGENDEN.

a) u. b) mittelniederdeutsch c) mittelgriechisch.

a.

(fol. 1. a.) It was eyn jonffer, de woulde hauen eyn afgescheyden, luter, volkommen leuen. Sy gaff ouer alle ertzche vroude vp dat sy de ewige vroude erkregen moechte. Sy liesz alle geschaffen creaturen vp dat sy behalden moechte den schepper alre creaturen. Sy geynck in eyn woystenye. an eyn heymliche stat daw sy gotz alleyn plegen woulde. Do quamen tzweyn begeuen preister, Ind gyngen vmb yren termyne durch de woystenyen, Ind sagen an de closen, ind woyrden zo rade dat sy an clopten au der cloissen. De junffer lies sy do in Ind der alde vader hass by sy ind began zo vragen wat sy kunde, ind sy konde in seir wal berichten, want he vant an ir allet dat he soichte. Do sprach he: "lieff kynt gotz! wes sitzes (fol. 1. b.) du he alleyne?" Sy antwort yme ind sprach: "der in is neit alleyn der got altzyt by ym hait". He sprach: "dat is wair. wer got hait, der hait alle dynck. weder wen pleistu zo bichten?"

Sy sprach: "besser is de sunde gelaissen, dan
sundeyn doyn ind ducke bichten." He sprach:
"dat is wair. der gesont is, der in bedarff geyns
artzeders. wer ducke byget ind neit de sunden
laissen en wilt, der is eyn bespotter der pe-
netencien. war pleistu zo kirchen zo gayn?"
Sy sprach: "in mynen jnwendichen tempel. der
besser is dan eynich vswendich tempel". He
sprach: "den hait got seluer geweyet myt syme
costlichen bloide, ind gevreyet myt syme vn-
schuldichen dode. Wie ducke vntfengestu vn-
ser licuen heren?" Sy sprach: "besser ist got
eyns myt wirdicheit untfangen Ind by ym be-
halden in eyme reynen Innichgen hertzen, dan
ducke geladen (fol. 2. a.) Ind myt sunden weder
vs gedreuen". He sprach: dat is wair, want
got sait myn welden*) is zo syn myt den kyn-
deren der mynschen. Wa pleistu dyn afflays
zo hoelen?" Sy sprach: "besser is gode ge-
deynt myt ynnicheit, dan vswendich alle kyr-
chen durchgangen". He sprach: "dat is wair,
want myt vil vswendichen gayn hyn Ind her,
da myt so weirt de ynnicheit verstoiret Wat
helt dich in deser woistenyen?" Sy sprach:
dat deyt der vaste gelouue Ind vaste hoffe ind
gotliche mynne" . He sprach: "der gelouue

*) l. wellen.

macht den mynschen gesont Int dat hoffen ver-
dryuet den anxst Ind de mynne vereynget den
mynschen myt gode . wae ist got alre streit-
lichste ?" (sic) Sy sprach: "in allen reynen her-
tzen Ind in allen goit willigen mynschen". He.
sprach: "dat is wair, want (fol.2.v.) de reynen
synt eyn tempel gotz, Int sy soilent got seyn.
wer is by gode der hoigste ?" Sy sprach: "der
alre nederste is myt wairer oitmoidicheit". He
sprach: "dat is wair, want got spricht: wer
sich alre meiste vernedert, der sal erhoeget
werden . Wer is der aller wyste ?" Sy sprach:
"der dat boese verwyrpt Ind dat alre beste
erwelt" . He sprach: "dat is wair, der versmait
alle tzytlich vergenkliche dynge Ind keyrt sich
zo den hemelschen dyngen, de ewich syn . wer
is der -alre edelste ?" Sy sprach: "der alle
ondouichden ouer wonnen hait jnd myt allen
douichten getzeyrt is" . He sprach : "dat is
wair, dar vm sprach vnse here: In myns vader
riche synt vil woynnongen . dar vm vntfenget
eicklich loyn na synen wercken . wer is der
alre selichste ?" Sy sprach: "der alre (fol.3.r.)
armste is van geiste". He sprach: "dat is wair,
want got spricht, dat de armen selich synt,
want dat rich der hemelen is ir . wer is gode
alre lieffte ?" Sy sprach: "de da vntfenget synt
myt dem vuyre des heilgen geistes . de spre-

chen dat loff gotz myt vurichen tzongen". He
sprach: "dat is wair, want Sent Johannes
spricht: got is de mynne, Ind wer in der myn-
nen bleifft, der bleifft yn gode Ind got in ym
myt eynre mynnen . was is gote das wertzste
jnd dem mynschen dat nutzste? Sy sprach:
eyn luter consciencie vnstraifflichen van sun-
den" He sprach: "is wair, wer eyn lutere reyn
consciencie altzyt behelt, der besitzet vreden
yn tzyt jnd in ewicheit, want sy haynt den
konynk der ewiger eren (fol. 3. v.) zo vrunde . wat
pleistu gode zo offeren? Sy sprach: "eyn wair
oitmoidich ruywich hertz myt alre gehoirsam-
heit" . He sprach: dat is gode jntfencklicher,
dann alle der offer, der in zyt ist, want got
spricht: "leirt van myr, dat jch byn oitmoidich
und sanfftmoidich van hertzen . wer ist der
bode den du zo gode sendes ?" Sy sprach: "dat
is myn ynnich vuyrich gebet, dat durch alle
hemelen drynget jnd guyst sych in dat ange-
sicht gotz" . He sprach: „dat is eyn getruwe
bode, der macht dyr eyn stede fruntschaff by
gode . jnd macht dyn vroude volkommen . we-
der wen pleistu zo reden?" Sy sprach: "dat
doyn ich weder de jngeuen gotz" . He sprach:
"dat is eyn lieffliche redde ind eyn goit kosonge
de macht dyr altzyt eyn nuywe (fol. 4. r.) vereyn-
nonge myt gode . wer pleit dich zo ervrouwen?"

Sy sprach: „dat deit der wair ynwendich smach
der gotlicher hoissicheit". He sprach: «dat is
wair; de gotliche soissicheit gyst me vrouden
inwendich den den luteren geist, dan alle ertz-
sche vrouden zo samen geuen moechten bys an
den junsten dach, want sy is altzyt abeschlos-
sen myt eyme bedroiffden ende. So de ynwen-
diche vrouden der reyner sielen brenget altzyt
eyn stete beclammonge an gode. machtn dann
ouch vmmerme bedroist werden" Sy sprach:
«neyn, dan als ich gedencken an dat bitter ly-
den xpi, dat so groisse ind so mench vel-
dich was, jnd so swair, dat he leyt vm mynen
willen van lutere mynnen, jnd myn mynne so
kleyn yst vntgayn de syne, jnd ich ym des so
vndanckber byn, dat bedroist mich billich"
(fol. 4. v.) He sprach: «dat is eyn goede bedroif-
fenysse de dich vereyniget myt dem heren jhu,
Ind lichtiget dir altzyt dyn lydes myt nuwen
troist, want vnse lieff here spricht: dat de
betroiff den soillen getroist werden. pleystu
ouch eynigen anxst zv hauen?" Sy sprach:
«neyn, got hait dem duuel alle syn macht be-
nomen Myt synen heilgen wouden dar in ich
so deyffe begrauen byn, dat he mich nummer
dar vsz genemen inkan, So wat listen he ouch
myt myr vurkeirt. Got hait ouch de helle so
vaste beslossen, dat dar nemant in kommet,

dan dan myt syme vrien willen . So im wil ich
in de helle neit . dar vm in hayn ich geynen
anxst" . He sprach: "dat is wair . der duuel in
hait neit me macht ouer den mynschen, dan
sich der mynschen ym vnd enych macht (fol. 5. r.)
jnd yn der hellen en bernt ouch anders neit
dan eygen wille . wa myt wedersteistu dan
des viantz liste ind synre bekorungen?" Sy
sprach: "myt den drye creffden mynre sielen
als: gedechtenis, vernoyfft, wylle, de jch vnt-
fangen hayn vsz der heiliger dry veldicheit.
Als myr dan kumt mynschliche kranckheit, so
gayn ich in de craft der gedechtenysse Ind ge-
dencken alle der waildait, de myr got hait
gedayn, Ind noch altzyt deit, jnd ewichlichen
doyn wilt. So bidden ich den hemelschen vader
vm sterck de zo weder stayn alle anvechtonge,
wa her dat sy komen, Ind dat ich ym alle des
goeden myt doichden dancken moisse, als ym
louelichen is. (fol. 5. v.) Euer als myr komt syn-
liche doirheit, so gayn ich in de ander crafft
der vernoyfft . so verstayn ich we vil schadens
myr dat boisse werck ynbrengen mach jnd
doyn an mynre sielen, Ind we vil vrommens
jnd goitz dat mir dat goide werck in brengen
mach . So bidden ich dan den son gotz vm
gotliche wisheit dat boese jnd goit zo vnder
scheyden, vp dat mich geyn valchlicht in ver-

6

leyde zo myme ewigen schaden . als myr dan
in komet eyn verkeirt wille, so gayn ich zo
der dyrder crafft, als in den vryen goeden
wyllen, Ind bidden dan den heilgen geist vm
gotliche goeder teyrenheit, dat myn wriede
wille gesanfftiget werde, Ind myt syme gotli-
chen willen so gantz vereynget (fol. 6. r.), dat ich
in tzyt noch in ewicheit nummer ougen blick
dan vsz ym en gewencke". He sprach: "hiemyt
ouer wynstu alle bekoryngen; want alle vnse
selicheit dair an lygt, dat vnse wille vereyni(t)
is myt den willen gotz . dyt bat vnse here yn
dem garden do he sprach: vader, dyn wil ge-
schee Ind neit der myn . hie myt leyrt he vns,
dat wir ouch also deden, Ind dar vm so komt
der mynsche weder zo dem oirspronge dar vsz
he gevlossen is. Hastu ouch eynych verlangen
na gode?" Sy sprach: "ja ich rechte seyr. Ich
begeren eyns naturlichen doitz zo steruen, vp
dat ich by gode ewentlichen moge leuen". He
sprach: "dat is naturlish, dat eyn goitkynt
altzyt eyn verlangen haue by synen vader zo
komen, want des goeden mynschen doit is eyn
begyn syns leuens . War vm deynstu gode?"
Sy sprach: "nyrgens, vmb dat helle noch hemel
in weir, So woilde ich doch gode so begerli-
chen dienen, als ich myt alle mynen creften
vermoechte vm adelheit synre gotlicher nato-

ren." He sprach so deynstu gode vp dat alre
volkommenste na syme gotlichen alre liefften
willen, sonder alle war vmb . So mois got
seluer dyn loyn syn, des in kan he sich van
mynnen neit vnthalden . So hastu volkomen
vroude in dem spegel der heilger dry veldicheit,
dar in du dich bist schouwen van angesicht zo
angesicht in dem weder blixe der claire gotheit,
dar vur alle geschaffen loyn zo kleyn is, yn
tzyt off in ewicheit (fol. 7. r.) . Wes leues du al
he in zyt?" Sy sprach: "dat doyn jch der ge-
naden gotz, In der gotlicher lieren" . He sprach:
"allet dat-leuen jnd wesen hait dat hait it van
genaden jnd van gotz worden . dat beweynde
vns lieff here do he so sprach : der mynschen
in leift neit alleyn van dem broide, mer van
eyme eiclichem worde, de da vliessent vsz dem
monde gotz" . Sy sprach: «wie steit it vm ey-
nen mynschen, der myt doit sonden bevangen
is ?" He sprach: «der is beroufft alre waldait
Ind alles gebedes der gantzer cristenheit . So
balde der mynsche eyn doit sunde deyt, so balde
sulde sich de erde vp doyn na der strenger
gerechticheit gotz Ind verslynden den myn-
schen in affgront der hellen . dat des neit en
geschuet, dat kumt van der grondeloser barm-
hertz- (fol. 7. v.) icheit gotz, der neit en wilt den
doit des sunders, mer he wilt, dat he leue ind

6 *

sich bessere . Her vm spart got den sunder
hude, vp dat he sich morgen besere, als got
dan suyt dat sich der sunder neit in bessert, off
beseren en wilt, we lange dat he iu spart, So
sleit he dan myt der yseren roiden jnd spricht:
houwet affe den boum der geyn vrucht in draet
Ind werpt yn dat ewige vuyr!" Also scheyde
dese broder van danne Ind geyncken vort vm
yren termyne, Ind sy sagen vmb zo rucke na
der cloissen, do sagen sy eyn gulden crutz
houen der cloissen sweuen . de Jonffer bleiff in
der afgescheydenheit alleyn, Ind deynde gode
yn alre volkommenheit, Ind got gaff yr dat loyn
der ewiger selicheit . dar zo helpe (fol. 8. r.) vns
got alsamen. Amen. Amen.

b.

It geynck eyn wilde Ritter durch eynen
walt alleyne Ind wart dencke vp de helle, off
ir pyne ewich were, off sy eyt eyn ende neme
ouer dusent jare? do sprach zo yme eyn stym-
me: "Neyn neit!" do dachte he off sy eit ein
ende ouer hondert dusent jair? do wart ym
geanttwort "neyn neit yt is ayn getzalle der
jair." Do dachte he off sy cit eyn ende neme
ouer also mench dusent jair als droppen was-
sers yn dem mere synt Ind sternen an dem

hemel staynt? Do wart yme geantwort "Neyn,
sy is ewich!" Do dachte he an de ewicheit,
dat dat geyn ende in hette, als alle de hondert
dusent jair vm weren, so weyr it (fol. 8. v.) dan
noch eyrst eyn anbegyn der ewiger pynen als
de eirste ore do sy began. Dese gedencken
durch geyncken yme bloit ind marck myt so
groisser bitterheit, Dat he do liesse al ertze
goit, Ind leis dat pert In dem walde, Ind geynck
snelle in dat neiste cloister Ind ergaff sich in
alle dat lyden, dat got van ym hauen woulde,
Ind in quam dar na neit vsz dem cloister, bys
is got hoilde zo der ewiger vrouden. Amen.

---

*Papierhs des 14 jhts, sedez, im besitze des hiesigen
antiquarbuchhändlers Matth. Kuppitsch. — die erste der
beiden legenden hielt ich auch in theologischer, beide
aber in sprachlicher beziehung für lehrreich. — die in
ersterer, besonders im eingange sich kundgebende ver-
geistigende richtung in bezug auf cultusangelegenheiten
scheint mir an lehrsätze der Waldenser zu streifen. die
sprachlichen eigenthümlichkeiten werden sich dem suchen-
den bald ergeben, so z. b. die regelmässige trennung der
negationspartikel (in niemals ni) vom verbum. dass diese
nicht dem abschreiber zur last falle beweist die dazwi-
schenschiebung der anlautpartikel ge und be. — eben so
eigenthümlich ist der fast stäte gebrauch der starken form
nach dem bestimmten artikel und zwar beim attributi-
ven adj. u. s. w. — der zeit und dem orte nach dürfte die
entstehung unserer stücke in den beginn des 14 jhts und
an den Niederrhein gesetzt werden.*

C.

Βίος τοῦ οσίου πατρὸς ἡμῶν Ἐυφροσύνου τοῦ μαγήρου. Δέσποτα ἐυλόγησον.

fol. 28 v. Ὀυτος ὁ ἐν ἁγίοις πατὴρ ἡμῶν Ἐυφρόσυνος ἐν κώμῃ τϊνὶ γεννηθεὶς παρὰ πϊστῶν γονέων καὶ ἀγροίκως ἀνατραφεῖς γράμματα μὴ μεμαθηκὼς ἀόκνως τὰς τοῦ θοῦ ἐντολὰς ἐποίει. Ἐις τελέιαν δὲ φθάσας ἡλϊκίαν τὸν κόσμον ἀποσάμενος πρὸς κυνόβϊον ἔδραμέν τὸ δὲ ἀγγελϊκὸν καὶ ἅγιον σχῆμα αμφϊασθεὶς τὴν τοῦ χοῦ ταπείνωσιν εν ἑαυτῶ ἀνεκολπώσατο. Ὡς ὀυδεὶς ἄλλος καθὼς τὸ πέρας ἔδειξεν. καταφρονηθεὶς γὰρ (fol. 29. r.) ὡς ἰδιότης ὑπὸ τῶν μοναχῶν τοῦ κοινοβίου ἐκείνου. ἀεὶ τὴν τοῦ μάγηριου διακονίαν τὲ καὶ φροντίδα μόνος ἐνεπϊστέυετο καὶ πολλὰς κρῦπτὰς ἐργασίας καθ ἑαυτὸν ἐπϊτιδέυετο ὁιον νηστείαν. ἀγρῦπνίαν, πρόσευχὴν χωμοκητίαν *) προς δὲ τούτων καὶ μετὰ τούτων ἀγάπην πρὸς πάντας καὶ ὑπακοὴν καὶ σαρκὸς καθαρότητα δάκρϋον δὲ ἀκατάπαυστον. ἀεὶ γάρ τὴν τοῦ πῦρὸς ἀθρακίαν ὑλέπων καὶ ἐις τὸ ἀϊώνϊον πῦρ συγκρίνων καὶ ἀνατῦπῶν ὀῦ διέλϋπεν τὰς τϊμίας ἀυτοῦ παρειὰς πλῦνων τοῖς δάκρισϊν. ἡς υολομένος δὲ ὦν ἐκτὸς τοῦ μαγηρίου διακονίας τὴν δὲ σάρκα καὶ τοὺς χειτῶνας. ἐυκαταφρόνητος

---

*) hier hat die jüngere hs. das ungriechische χαμευνειαν.

τοῖς πᾶσιν ἐτύγχανεν. ἀλλ' ὁ φϊλάνθροπος θεὸς ὁ τά
κρὖπτὰ ϋλέπων ὑπὲρ πάντας τοὺς ἐκεῖσε ὄντας μο-
ναχοὺς τούτων μειζόνος ἐδόξασεν. ἦν γὰρ ἐν τῷ αὐ-
τῷ κοινοβίῳ πρεσβύτερος ἐυλαυέστατος καὶ πάσης
ἀρετῆς ἐυπροσδεεῖς. καὶ ἦλθεν αὐτῷ τότε ἔννοια
(fol. 29. v.) ὥστε πρὸςθῆναι εἰς πᾶσαν τὴν ἄσκησην
αὐτοῦ ἐν τρϊσὶ χρόνοις ὅσοις δυνάμεως ἔχει. ἐκλι-
παρεῖν τε τό θεῖον καὶ λέγει „κὖριε δεῖξονμοι ἃ
λέγει ὁ θεῖος ἀπόστολος παῦλος ἀγαθᾶ ἃ ἡτοίμα-
σας τοῖς ἀγαπῶσϊνσε." τοῦτο δὲ μὴ μόνον ἐνθυμη-
θʹντες ταύτην τὴν ἔννοιαν. ἀλλ' ἤδη καὶ τέλος
λαυούσης τῆς ἐυχὴς. ἐν μϊᾷ καθεύδοντος αὐτοῦ
ἐν τῷ κλϊνιδείῳ αὐτοῦ ἡρπάγη ὁ νούς αὐτοῦ *)
ἐν παραδείσσα. ὁιον ·ὀυδέποτε ὀυδὲ αὐτὸς ὀιδεν.
ὀυδὲ ἄλλος τίς θεάσασθαι ἠδυνήθη. εἶχεν γάρ
δένδρα πολλὰ καὶ ποικίλα καὶ παμμεγέθη. καὶ
πάσης ὄψεως ἀνθροπίνης παρηλλαγμένα ἔγεμον
δέ ἄταντα τῶν καρπόν ὑπὲρ τὴν τῶν φύλων πλησ-
μονὴν τοιοῦτοῦ δὲ καρπόν εἶχεν ἔυχρουν καὶ
ἐυμεγέθη καὶ ἔυοσμον ὡς μηδέποτε ϋροτοῖς θε-
αθῆναι ταῦτα. ὑπο κάτω δὲ τῶν τοιοῦτων δένδρων
ὕδατα πολλὰ ὑπῆρχον ψυχρᾶ καὶ δϊϋδέστατα καὶ
πᾶν εἶδος ἔυοσμον **) ἐκεῖσε πεφύτευμένον (f. 20. r.)
ἦν πᾶσα δὲ ἐυωδία ἐκεῖθεν ἐξεπέμπετο. ὡς δοκὲι
τὸν ἐκεῖ ἐστότα. ἔνκοιτον εἶναι μὔρεψικῷ ἀθρόον.

---

*) die jüngere hs. hat hier die Worte καὶ ευρεθη einge-
schaltet.

**) μιριστικον.

εἰσπηδήσ(σαντα) *). ἐν τούτοις οὖν καὶ τοῖς
τοιούτοις ὑπάρχων διενοήτω καθ᾽ ἑαυτὸν λέγων.
ἄρα τίνος ἐστὶν ὁ τϊλικούτος παράδοξὸς τε καὶ
περϊκαλλεῖς καὶ φουερὸς παράδεισοσ καὶ τὶς ὁ τού-
του φϋλάσσων. καὶ ὡς ταῦτα καθ᾽ ἑαυτόν ἔλεγεν
ὑλέπει ἐν τῶ μέσω αὐτοῦ ἑστῶτα τὸν κύριν εὐφρό-
συνον τόν μάγηρον περὶ οὗ ἡμῖν ὁ λόγος **) καὶ
ὡς ἔιδεν αὐτὸν ἐξεπλάγει ***) καὶ φησὶν πρὸς
αὐτόν »τί ποιεῖς ἀδελφὲ ὧδε?" ὁ δὲ κύρϊς εὐφρό-
συνος πρὸς αὐτὸν ἔιπεν: „ἔιτῖ σὺ ποιεῖς ὁ πατήρμοῦ
κάγὼ τὸ τέκνονσου" καὶ ὁ ἱερεὺς ἔφει αὐτῶ: „τί-
νος ἐστὶν ὁ παράδεισος (ουτος) †)?" εὐφρόσυνος
ἔιπεν: »τοῦ ἀγαθοῦ καὶ φϊλανθρόπου θεοῦ" καὶ
ὁ ἱερεὺς πάλϊν ἔφει: „καὶ τίς σε ἤγαγεν ὧδε?" ὁδέ
ἀπεκρίνατο ὅστῖς πάντος καὶ τὴν ἁγίαν σου ψυχὴν
ἤγαγεν κάμὲ τὸν ταπεινὸν καὶ ἐλάχϊστον". καὶ
ὁ ἱερεὺς πάλιν (fol. 30. v.) πρὸς αὐτὸν »ἐγὼ ἀδελφέ
ὡς γινώσκεις ἔι καὶ ἀνάξιος ἀλλ᾽ οὖν ἱερὲυς ἔιμι καὶ
ὁύ τουτοῦ μόνον. ἀλλ᾽ ἤδει σήμερον τρίτον χρόνον
πεπλήρωκα. μη κορέσασ τὴν κοιλίανμου μήτε ἄρ-
του μήτε ὕδατος μηδὲ τοῖς ὑλεφάροιςμου νυσταγ-
μόν μηδὲ ἀναπαυσιν τοῖς κροτάφοιςμου δούς κατὰ
τὸν μακάρϊον προφήτην ἀλλὰ ἀεὶ νυκτὸς καὶ ἡμὲ-
ρας ἐδεόμην τοῦ εὐσπλάγχνου καὶ ἐλεήμονος

*) diese ergänzung aus der zweiten hs.
**) die jüngere hs : εχεινον δι ου ειρηκαμεν ανωτερως.
***) der jüngere abschreiber gedankenlos: εξο υπαγει.
†) aus der zweiten hs.

θεοῦ. θεάσασθαι μέρος τί ἐξῶν ἡτοίμασεν ὁ
θεὸς τοῖς ἀγαπῶσιν αὐτόν. καὶ ἰδοὺ μετὰ τὴν τρῖ-
ετήαν μόλης ἦλθον (ἐντὰυθα καὶ ἤθελον *) μα-
θεῖν παρὰ τῖνος ἀκρῖυῶς εἲ οὕτως ἐστὶν ὁ ἡτιμασ-
μένος τόπος τοῖς ἀγαπῶσιν τὸν θεὸν" ὁ δὲ εὐφρό-
συνος πρὸς τὸν ἱερέα "ὡς γἴνώσκης ἀμύκτος ἔιμι τῆς
θείας καὶ ἱερᾶς γραφῆς καὶ παντελῶς ἰδἴωτης. ἀλλ
ἐξ ὧν ακὸυω ὑμῶν τῶν πατρῶν μου γἴνώσκω λέ-
γει γὰρ ὁ ἁγῖος ἀπόστολος παῦλος "ἃ ὀφθαλμὸς
ὄυκ εἶδεν, καὶ οὖς ὄυκ ἐι- (fol. 31. r.) κουσεν καὶ ἐπι
καρδίαν ἀνθρώπου ὄυκ ἀνέβει ἃ ἡτοίμασεν ὁ θεὸς
τοῖς ἀγαπωσιν αὐτὸν" ἐπειδὴ δὲ ἡμεῖς μἴκρὸν τὶ πα-
ρευἴάσαμεν αὐτούς ἕνεκεν ταύτης τῆς ὑποθέσεως
ἐθεασάμεθα μέρος τί ἐξ ὧν ἡτοίμασεν ὁ θεὸς τοῖς
ἀγαπῶσιν αὐτὸν καὶ ἡμὰς πάντας νεβαίων καὶ τὸν
ἀπόστολον ἀληθῖ φὔλάττον. ὀυ γὰρ δύναται τἰσ
ἔν σαρκὶ ὢν πλεῖον τί θεάσασθαι" καὶ ὁ πρεσβύτε-
ρος πάλιν ἔφει πρὸς αὐτὸν "τὸ ἅπαξ μόνον τοῦτο
ἀδελφὲ ἦλθες ἐντᾱυθα ἢ καὶ ἄλλοτε?" ἐυφρόσυ-
νος ἔιπεν "ἐγὼ πάτερ τίμῖε χάρῖτι τοῦ θεοῦ ἀεὶ ἐν
ταῦθα διάγω" καὶ ὁ ἱερὺς: "καὶ τὶ εργάζει ῶδε ἐρχό-
μενος" ἐυφρόσυνος ἔιπε "φύλαξ ἔιμη τῶν ἐντᾶυθα"
ὁ ἱερὺς ἔιπεν "καὶ ὁ ἐὰν ἐτήσω σε εχεις ἐξουσίαν-
δοῦναι" ὁ δὲ ἀπεκρίνατο αὐτό? "ειτῖ θέλης αιτησόν-
μαι καὶ δίδωμίσει" καὶ φησὶ πρὸς αὐτὸν ὁ ἱερεὺς
"δόσμοι (fol. 31. v.) τρία ἐκ τούτων τῶν μἴλων" ὑπο-

. *) aus der jüngeren hs.

δείξας αὐτῶ τῇ χειρὶ ὁδὲ εὐθέως κόψας δέδωκεν
αὐτῶ τρία μῆλα θεῖς αὐτὰ εἰς ἕν μέρος τοῦ παλ-
λίου αὐτοῦ ησαν γὰρ μεγάλα σφόδρα καὶ εὐηδεὶ
καὶ ξένην εὐωδίαν ἐκπέμποντα καὶ τεθηκῶς τὴν
κεφαλὴν αὐτοῦ ἐπάνω τῶν μύλων ἠσφραίνετο αὐ-
τὰ ἀκορέστως ἐπὶ πολὺ ωσοῦν ταῦτα ωςφραινε-
το εφθασε καὶ τὸ ξύλον τῆς ἀγριπνίας καὶ σισπασ-
θεῖς ἐδώκει οναρ υλέπει καὶ ἀπλώσας τὴν εὐώνϋ-
μον αὐτοῦ χεῖρα εξω τοῦ παλλίου ἐκράτησεν τὰ-
μύλα αἰσθητὸς καὶ ἐξέστησαν ἐπὶ τοῦτο αἰ φραίνες
αὐτοῦ. θεὶς δὲ αὐτὰ εἰς τὸ κλινίδϊον εὐφϋῶς ἐσκέ-
πασεν καὶ κλεῖσας τὴν θύραν ἐξῆλθεν καὶ ἀπελ-
θῶν εἰς τὸ στασίδιον μετα σπουδῆς τοῦ κύρου εὐ-
φροσύνου τοῦ μαγήρου ἐν ᾧ πάντοτε εἰόθει ἵστασ-
θαι ἐν τῇ ἁγία ἐκκλησία εὑρεν αὐτὸν ἐστῶτα καὶ
τὴν ἀρχὴν τῆς δοξολογικῆς ἀγρυπνίας περὶμένοντα
καὶ πρόςπεσὸν αὐτῶ (fol. 32. r.) λέγει "τὸν θεὸν σοι ἄν-
θρωπε ὦν ἀεὶ δουλέυεις?" ὁ ἐρωτῶσε ἀποκρίθη "τί
μοι?" ὁ δὲ πρὸς αὐτὸν εἰπεν "εἰπὲ πατὴρ τίμϊε ητι
κελένις?" ὁ ἱερεὺς λέγει "ποῦ εἰς τάυτη τῇ νϋκτὶ
διὰ τὸν κύριον αναγγειλόνμοι" ὁ δὲ απεκρίνατο
"ἐκεὶ ἤμην πάτερ ὁπὸ με ἤυρες" λέγει ὁ ἱερεὺς
"καὶ ποῦσε ευρων δοῦλε τοῦ θεοῦ ἀνάγγειλόνμοι"
ὁ ὅσιος εὐφρόσυνος εἰπεν "ἐν τῶ παραδείσω ἐν
ᾧ εἰδες" καὶ ὁ ἱερεὺς πάλϊν έφει πρὸς αὐτὸν
"εἰ ἀληθῆ λέγεις δοῦλε τοῦ θεοῦ τι μοι δέ-
δωκας?" ὁ μακάριος εὐφρόσυνος εἰπεν "παντως
εἰτι εἰτῖσασ." ὁ δὲ ἱερεὺς πρόσπεσῶν παρεκάλει

αὐτὸν λέγων "ὁρκίζω σε τὸν θεὸν τί σε ἔιτἴσα"
ὁ δὲ ἀπεκρίνατο "τρία μῆλα ἔιτἴσασ καὶ δέδωκάσοι
αὐτὰ" καὶ ὁ μὲν ἱερεὺς ναλὼν μετάνοιαν ἀπῆλθεν
εἰς τὸν τόπον αὐτοῦ ὅλην τὴν ἀγρυπνίαν καθ' ἑαυ-
τὸν ἐκπληττόμενος ἀλλὰ καὶ τὴν φοβερὰν ἐκείνην
καὶ παράδοξον ἐνοδίαν ἐκ τοῦ παλλίου αὐτοῦ
ὠσφραινόμενος ἄλλος ἐξ ἄλλου ἐγένετο. εὐφρό-
συνος δὲ ὁ μα- (fol. 32. v.) χάριος ἵστατω ψάλλων
ὡς χθὲς καὶ τρίτην ἡμέραν τελεσθήσεις δὲ τῆς
ἀγρυπνίας ἀπελθὼν ὁ πρεσβύτερος ἔλαυεν τὰ τρία
μῆλα καὶ εἰσῆλθεν ἐν τῇ ἐκκλησίᾳ ἔτι τῶν ἀδελ-
φῶν ἐκεῖσε συνηγμένων καὶ φησὶν πρὸς αὐτοῦς
"εὐξασθαι καὶ συγχορίσατέμοι πατέρες ἅγιοι διότι
μαργαρίτην πολίτιμον ἔχοντες ἐν τῷ μοναστηρίῳ
ἡμῶν τὸν κύριν εὐφρόσυνον κατεφρονοῦμεν αὐτὸν
πάντες ὡς ἀγράμματον καὶ κεῖνος χάριτι θεοῦ ὑπερέ-
χει πάντας ἡμᾶς" τῶν δὲ πατρῶν πάντων ἐπιμελῶς
επαικρουωμένων ἐξηγήσατο αὐτοῖς πάντα καθῶς
προήρηται ὑποθείξας δὲ αὐτοῖς καὶ τὰ μῆλα ἔτϊ
πλέον ἐκ τούτων ἐπίστευσαν αὐτῶ ησαν γὰρ ὡς
πρυἔιρηται ἔξω τῆς φύσεως παντὸς μήλου τοῦ κα-
τὰ τὸν κόσμον φαινομένον ἐν μεγέθη καὶ χρῶα καὶ
εὐωδία. ἐμφορηθέντες δὲ πάντες τῆς εὐωδίας τῶν
τοιοῦτον μήλων αἴνον ἄξιον ἔδωκαν τῶ ἀγαθῶ
καὶ φϊλανθρώπω (fol. 33. r.) θεῶ κόψαντες δὲ ἐξ
αὐτῶν δέδωκαν τοῖς ἀσθενοῦσιν καὶ εὐθέως πάν-
τες ἰάθησαν τὰ δε λοιπὰ λεπτομερίσαντες καὶ ἐν
ἁγίῳ δίσκω ναλόντες διὰ χειρὸς τοῦ προσρρϊθέν-

7 *

τος πρεσβυτέρου ταῦτα ἀποκομήσαντος τῇ παρα-
κλήσει πάντων μετέλαυον ἅπαντες πίστεως ἕνε-
κεν. ὡς δι αὐτὸν ἁγιαζόμενοι διὰ τὸ ὡς προείρηται
ἐκ τοῦ δεσποτϊκοῦ παραδείσου αὐτὰι ἐξεληλῦθέ-
ναι. ὁ δὲ θαυμαστὸς ἐκεῖνος καὶ μακάριος τῷ οντι
εὐφρόσυνος ὁ μάγηρος τοῦ πρεσβυτέρου ἀρξαμένου
ποιῆσθαι ταύτην τὴν διήγησην ὡς πάντων ἐπιμε-
λῶς ἐκεῖσε παραδραμόντων καὶ ὡς ἄλλα χρι-
στοῦ εὐαγγέλλια ἐπάκροομένων αὐτῶν ἀνοίξας
τὴν πλαγείαν θύραν ἐξῆλθεν μὴ φανεὶς ἀπὸ τῆς
ὥρας ἐκείνης πόποτε μεχρι τῆς σήμερον φεύγων
τὴν τῶν ἀνθρώπων δόξαν. καὶ μεῖς δὲ ταῦτα
ἀκούσαντες ἀγαπητοὶ ἐν μεγάλη ἐκπλήξει γεγώ-
μαμεν δοξάσοντες καί εὐλογοῦντες πατέρα (f. 33. v.)
υἱὸν καὶ πνεῦμα ἅγιον ὦν ἡ δόξα καὶ τὸ κράτος ἐις
τοὺς αἰῶνας τῶν αἰώνων. Ἀμήν.

---

*Die legende von E u p h r o s y n u s dem klosterko-
che, schön wie nicht leicht eine zweite, erscheint hier
meines wissens in deutschland zum ersten male. in den
menäen der griechen (so z. b. Venedig 1755. fol. tom.
4 unterm 11 september, so wie in den russischen leben
der heiligen, einer übersetzung der ersteren vom jahre
1558, unter gleichem tage) haben sich auszüge unserer
legende erhalten; sie selbst aber in ihrer sinnigen, ächt
christlichen, dabei höchst einfachen gestalt findet sich
in zwei dem eingange und ende des 13ten jhts angehö-
rigen pergamenthss. der kaiserl. bibliothek zu Wien;*

nämlich im codex theologicus graecus nro. **CCCXXXVII**, jetzt **338**, *vergl.* L a m b e c i u s ed. **K o l l a r** 5, 627 *und* codex theologicus graecus nro. **LXXXIX**, *vergl.* N e s s e l s catalogus 1, 171. *der styl der aufzeichnung in dem mendon ist allerdings zierlicher, würdevoller zu nennen, doch scheint uns der feierliche, für den gottesdienst neuerer zeit bestimmte ton nur zu sehr auf kosten jener duftigen, jugendlichen frische gewonnen, die unsere legende so sehr auszeichnet. um den erwünschten eindruck durch die ungewohnte sprache des originals, so wie durch die fehlerhafte schreibweise der hs. für deutsche leser nicht zu sehr zu hemmen, lasse ich unten versuchsweise eine möglichst sinngetreue deutsche bearbeitung folgen, die sich aber durchaus für nicht mehr geben will, als sie eben ist, nämlich nur für einen gutgemeinten versuch, der, wenn er nicht ungünstig aufgenommen würde, mich zur übersetzung mehrerer jener schönen legenden ermuthigen könnte, die in den abendländischen sammlungen entweder ganz fehlen oder nur sehr entstellt aufgenommen sich finden.*

Die mittelgriechische sprache gleicht bis zur stunde einem schönen verwahrlosten denkmahle des mittelalters. abseits des weges vom gestrippe rings umwachsen, kaum von einem oder dem anderen im vorüberziehen eines flüchtigen blickes gewürdigt, verbirgt sie höchst eigenthümliche lehrreiche schätze für die genauere kenntniss der geistigen entwickelung des mittelalters. sie erwartet noch den tieferen erforscher ihrer gesetze, den schöpfer einer gründlichen grammatik derselben. die bemühungen eines Ducange *stehen bis zur stunde fast vereinzelt da und die wissenschaft überhaupt hat seitdem allenthalben breitere grundlagen gewonnen, so dass das für seine zeit colossale werk den anforderungen der gegenwart kaum mehr genügen dürfte. zur deut-*

*schen sprache des mittelalters und ihren schicksalen in
neuerer zeit steht übrigens die mittelgriechische sprache
in einem höchst eigenthümlichen gerade verkehrten ver-
hältnisse. während man nämlich die denkmähler der
deutschen vorzeit nur zu lange mit den augen und der
sprache der gegenwart betrachtete und zusammenhielt,
bis der schöpfer der deutschen historischen grammatik
dem verkehrten beginnen eine gränze setzte, begegnet
noch heute mit den denkmählern der griechischen spra-
che jener zeit leicht ein entgegengesetzter missgriff,
indem man sich durch die kenntniss der antiken sprache
zum verständnisse jener jüngeren nur zu gerne für hin-
länglich befähigt hält. wird einst auch zu ihr ein Grimm
die bahn gelichtet haben, dann dürfte auf diesem fast
unbetretenen wege wohl noch lohnender gewinn für die
tiefer gehende kenntniss auch der deutschen literatur
der vorzeit zu hoffen sein. gab es doch in jener pe-
riode der berührungen mit dem oriente so manche, und
gegenseitige einwirkung, sei es nun durch schrift oder
wort, wird kaum ausgeblieben sein und sich wohl noch
mehr herausstellen als bis zur stunde. so viel ist bis
jetzt wenigstens unbestritten, dass aus dem schönen
kranze der künste die bildende auf jene deutschlands
im mittelalter mächtig eingewirkt habe. wer aber hat bis-
her den gegenseitigen einfluss der übrigen genügend
untersucht? und sollte man fertig sein, eh' man be-
gonnen?*

*Es ist hier nicht der ort, diese wünsche und hoff-
nungen weiter auszuführen, noch weniger soll in ihnen
irgend ein vorwurf gesucht werden, dazu müsste der,
der ihn hinstellt, mehr berechtigt sein, als er es wirk-
lich ist, es genüge, den gegenstand einmal zur sprache
gebracht zu haben.*

*Da es sich in bezug auf den griechischen text mehr
um literar-historische als philologische zwecke handelte,*

so ist hier die ältere aufzeichnung getreu) wieder gege-
ben, die jüngere aber nur wo es die vollständigkeit er-
forderte, berücksichtiget worden. —*

Unsere legende ward, gleich vielen anderen, ge-
wöhnlich während der stillen, feierlichen morgenan-
dacht in gegenwart des bischofs oder archimandriten
vom diakon gelesen, oder, um richtiger zu sprechen,
halb gesungen, halb gesagt. es ist nämlich eine eigene
art des vortrags, den man nur selbst oft muss gehört ha-
ben, um ihn ganz würdigen zu können. ein mittelding
zwischen singen und sprechen, oder, wenn man lieber
will, ein lesen, das besonders gegen das ende der sätze
hin melodische formen annimmt. die legendarien, ge-
wöhnlich durch das bedürfniss kennende mönche zu-
sammengetragen, haben dazu schon die erforderliche,
gewissermassen rhythmische einrichtung. gelangt nun
der vorlesende zu der stelle, wo der sinn, sei es nun
würde, rührung, freude oder lob erfordert, oder, was
in diesen legenden so häufig der fall ist, begegnen ihm
stellen aus den psalmen, die auch sonst täglich gesun-
gen werden, so geht er unwillkührlich in gesang über
oder deutet die empfindung durch einige länger gehaltene
töne an. da stimmen dann gewöhnlich die den leser um-
gebenden knaben und jünglinge mit ihren klangvollen
stimmen, schon durch ihr alter verschiedenen lagen
angehörend, in den grundton ein, und der ganze vor-
trag gewinnt eine eigenthümliche höchst poetische für-
bung. dazu noch die ruhe und stille der dunklen kirche,
in welcher gewöhnlich nur zwei, höchstens drei lampen
brennen (eine am altare, eine vor dem bilde des erlö-
sers, die dritte vor dem stehpulte des sängers), die
herrlichen, vorhergesungenen psalmen, das halblaute

**) Nur wechselreden und fragen, durch die uns geläufigen
zeichen anzudeuten, schien, um dem blicke des lesers doch
einige anhaltspunkte zu biethen, nicht unerlaubt.*

gebeth des priesters am altare, alles zusammen erzeugt
eine stimmung in der altehrwürdige legenden ihren ein-
druck kaum verfehlen können *). auf den einstigen ge-
brauch in der kirche deutet bei unserer legende noch
die auf die überschrift folgende, vom diakon und seiner
umgebung chorähnlich an den priester am altare gerich-
tete bitte um seinen segen. dieser antwortete dann ge-
wöhnlich mit erfüllung derselben und die legende begann.

»Euphrosynus, der heilige, war in einem unbe-
»kannten dorfe von gläubigen ältern geboren und nach
»art der landleute auferzogen. — blieben ihm auch die
»wissenschaften fremd, so übte er doch unverdrossen
»die gebothe des herrn. zu reiferen jahren gelangt, stiess
»er die welt von sich und floh in ein kloster, wo er sich
»dem stande der gottgesandten und heiligen weihte, die
»brust erfüllt von christlicher demut.«

»Wie sehr er aber auch vor allen anderen nach
»einem edlen ziele strebte, so ward er doch als ein
»ungelehrter von den übrigen mönchen jenes klosters
»verachtet, ja das geschäft und die sorge der küche
»ihm allein nur anvertraut. doch insgeheim legte sich
»Euphrosynus noch schwerere pflichten auf, als fa-
»sten, wachen und bethen, und nam den harten bo-
»den nach den mühen des tages zum lager. trotz dem
»war er ganz liebe und gehorsam gegen alle übrigen

---

*) *Man vergleiche über die matine und die dabei üblichen*
   gesänge und gebethe den 6ten brief der im jahre 1836
   aus der kaiserlichen kanzlei zu St. Petersburg hervor-
   gegangenen briefe über den gottesdienst der morgenlän-
   dischen kirche von Andreas Nikolajewitsch-Marawieff,
   ober-procurators-gehilfen der h. synode daselbst, oder
   die deutsche übersetzung Dr. Ed. Muralts, Leipz. 1838.
   1. 37.

„und bewahrte ängstlich die reinheit der sitten. immer
„hieng aber eine thräne in seinem auge, jeder blick in
„die geschäftige flamme erinnerte ihn an jene ewigen
„gluthen und mit thränen wusch er seine wangen.“

„Da er ausser der sorge für die küche des klosters
„auch jene der ordenskleider auf sich hatte, beide eif-
„rig versah und so nur körperlichen dingen nachzuhän-
„gen schien, so deuchte sich jeder für berechtigt, ihn
„geringe zu achten. doch der allmächtige, der men-
„schen freund und der das verborgene sieht, hielt ihn
„höher als alle übrigen mönche, die daselbst um ihn
„lebten.“

„Es trug sich aber zu, dass in demselben kloster
„ein sehr frommer und nach jeder tugend strebender
„priester lebte. durchdrungen von dem vorsatze, den
„geistigen übungen all seine kraft zu widmen, hatte er
„schon drei jahre diesem zwecke geweiht. mit gesunke-
„nen kräften flehte er oft: „ach, herr, gestatte mir ei-
„nen blick nach jenen gütern, die du, wie Paulus ver-
„heissen, den dich liebenden bereitet hast!“

„Als er eines abends tief in gedanken versunken
„auf seinem bette ruhte und eben jene muthlose bitte
„wiederholt hatte, da ward mit einem male sein geist
„der erde entrückt, und er fand sich im paradiese. sein
„auge ward trunken vom ungewohnten anblicke, der
„wie ihm, so jedem sterblichen bisher verschlossen war.
„viele bunte, hohe bäume erfüllten den raum, nie ge-
„sehene früchte zahlloser pflanzen, an frische, grösse
„und wohlgeruch gleich wunderbar, erschienen dem
„staunenden. unter den bäumen rauschten erquickende,
„liebliche gewässer, alle arten des duftes schienen hier
„gepflanzt und aller wohlgeruch von hier auszugehen,
„so dass der hinzutretende sich an der stelle glaubte,
„wo einst aller duft im schoosse der erde versenket wor-
„den.“ —

„So plötzlich hieher gelangt, begann der stau-
nende endlich sich selbst zu fragen: „wessen ist wohl
der entzückende aufenthalt und wo ein hüter dieses
paradieses?» kaum hatte er aber so zu sich gespro-
chen, als er mitten unter den blumen und blüthen Eu-
phrosynus entdeckte. befremdet über diesen anblick
rief er ihm zu: „bruder, was suchst du hier?» Eu-
phrosynus aber entgegnete: „vater, dich und deinen
sohn führt gleiches hieher.» worauf jener: „und wes-
sen ist dieser entzückende aufenthalt?» dieser aber:
„des heiligen uns liebenden gottes» erwiederte. als aber
der fromme priester seine frage: „sprich, wer leitete
dich hieher?» wiederholte, entgegnete des klosters
demütiger knecht mit nachdruck: „der, der auch
deine heilige seele auf gleicher bahn geführt.» „doch
bin ich priester, freund, und drei jahre schon bemüht,
durch schwere übung mich solcher gnade würdig zu
machen. fasten setzt ich meinem hunger, entbehren
meinem durste entgegen, zum wachen hob ich gewalt-
sam die müde wimper, meiner sinkenden schläfe gönnt'.
ich kein lager, zu jeder stunde des tages und der
nacht war mein flehen, der milde gott möge mich der
beschauung jener ewigen güter, die er den frommen
bereitet, endlich nicht mehr unwerth halten, und sieh
nach langer sehnsucht erhörte der gnadenreiche mein
flehen und ich stehe entzückt vor dem abglanze seiner
herrlichkeit.»

»Da entgegnete Euphrosynus mit demut und wür-
de: „dir ist nicht unbekannt, mein vater, wie sehr
ich, gleich aller wissenschaft der tieferen durchfor-
schung jener heiligen überlieferungen entbehre, und
dennoch drang aus euern vorträgen jenes wort des apo-
stels tief in meine seele: „kein auge hat gesehen, kein
ohr gehört, und keines sterblichen geist noch geahnt,
was der allmächtige den ihn liebenden bereitet hat,»

„uns aber hat die gnade des herrn zur kräftigung unse-
„rer zweifelnden schwäche und um zu zeigen, wie die
„verheissungen des gottgesandten durch ihre unverrückte
„wahrheit niemals teuschen, einen theil jener ewigen
„güter zu schauen vergönnt, weiter vermag des sterbli-
„chen auge nicht zu dringen."

„Als hierauf der priester an Euphrosynus die frage
„richtete: „bist du, mein sohn, nur diess eine mal hie-
„her gelangt oder nahtest du oft schon diesem heiligen
„orte?" entgegnete er: „die gnade des herrn lässt mich
„stets hier weilen; ich bin der hüter jener früchte," und
„als der priester, noch immer zweifelnd, frug: „und
„wenn ich dich nun um ein geschenk aus diesen früch-
„ten bäthe, hast du wohl das recht, der bitte zu will-
„fahren?" da reichte der heilige dem zweifelnden drei
„äpfel seltener art, die dieser sorgfältig am frommen
„herzen barg. doch bald entstieg ein nie gefühlter, ent-
„zückender duft der freundlichen gabe und das haupt
„des frommen neigte sich unwillkührlich und demuts-
„voll zu den duftigen früchten, sein geist aber ver-
„sank unbewusst in inniges gebeth. fühlbar hielt seine
„rechte die gaben, doch schwanden seine sinne, und
„erstaunt fand er sich erwachend in seiner zelle."

„Erfüllt von dem, was er geschaut, barg der prie-
„ster sorgfältig die edelen früchte und trat in die kirche
„zur frühmesse. sein blick suchte vor allen Euphrosynus,
„der bereits an seinem gewohnten standorte den beginn
„des morgengebethes erwartete. als ihn der priester er-
„blickte, sank er vor ihm auf die kniee und rief ge-
„rührt: „so dienest du doch stets dem herrn!" worauf
„jener: „wie anders?" erwiederte, „und wesshalb frägst
„du so?" „sprich," fuhr der priester fort: „wo warst
„du diese nacht? beim allmächtigen, verhehle mirs
„nicht!" da antwortete ruhig der heilige, „ich war ja,
„vater, wo wir uns beide trafen." „o nenne diesen ort!"

»beschwor ihn der ahnende, *Euphrosynus* aber erwie-
„derte: „im paradiese.‟ „und was gabst du mir da?‟
»»um was du mich gebethen, drei früchte.‟ erschüttert
»küsste der priester den boden, den die füsse des hei-
„ligen berührten und trat zum gebethe in den chorstuhl.
„es war eben die zeit des dreitägigen gebethes. *Euphro-*
„*synus* und die übrigen brüder erfüllten singend die hei-
„lige pflicht. am ende des dritten tages aber betrat der
»priester, die goldenen früchte in den geweihten hän-
„den, die kirche, wo die brüder noch versammelt wa-
„ren, und sprach mit heiligem ernste zu ihnen: „be-
„thet, brüder, und vergebt mir. eine edle perle ver-
„wahrt unser haus und wir verkannten sie. *Euphrosy-*
»*nus,* den wir alle als einen ungelehrten geringe ach-
„teten, er ist es, den ich meine, auf ihm ruht des
„herrn blick mit besonderem wohlgefallen!‟ den stau-
»nenden eröffnete nun der priester gerührt, was ihm
„im geiste erschienen, und was die wirklichkeit, die
„nie gesehenen gaben einer höheren welt in seinen hän-
„den bekräftigten. ein entzückender wohlgeruch erfüllte
„den weiten raum und gläubig neigte sich der sinn der
„einzelnen der erzählung des frommen bruders zu. die
„edlen gaben theilten sie mit verehrung unter sich;
„kranke, denen sie zu theil wurden, fühlten sich wun-
„derbar gestärkt; alle dankten dem allmächtigen voll
»frommer rührung, *Euphrosynus* aber war beim beginne
„der erzählung des priesters, der die brüder im weiten
„kreise gleich dem worte des herrn zuhorchten, unbe-
„merkt durch eine seitenpforte aus der kirche getreten,
„floh den ruhm der menschen und — ward nie wieder-
„gesehen.‟

V. VISIO PHILIBERTI.

A. das lateinische original. B. u. C. deutsche bearbei-
tungen des 14. jhts.

A.

1 Vir quidam exstiterat dudum here- ^{fol. 73.}
                                mita,
   Philibertus francigena, cujus dulcis vita
   Dum in mundo viveret se deduxit ita:
   Nam verba, quae praetulit, fuerunt perita.
5 Iste vero fuerat filius regalis,
   Toto suo tempore se subtraxit malis
   Cum in mundo degeret et fuit vitalis.
   Nam visio sibimet apparuit talis:
   Noctis sub silentio, tempore brumali,
:10 Deditus quodammodo somno spirituali,
   Corpus carens video spiritu vitali,
   De quo mihi visio fit sub forma tali:
   Dormiendo paululum, vigilando fessus,
   Ecce, quidam spiritus noviter egressus,
15 De praedicto corpore vitiis oppressus,
   Qui carnis cum gemitu sic plangit excessus.

A n i m a.

Juxta corpus spiritus stetit et ploravit

Et his verbis carnem acriter incre- fol. 73.
r. b.
              pavit:

    "O caro miserrima, quis te sic prostravit,
20 Quam mundus sic prosper praediis ditavit?
    Nonne mundus pridie tibi subdebatur?
    Nonne te provincia tota verebatur?
    Ubi est familia, quae te sequebatur?
    Cauda tua sequens te nunc amputatur.
25 Non es nunc in turribus de petris quadratis,
    Sed nec in palatio magnae largitatis,
    Jaces nunc in feretro parvae quantitatis,
    Reponenda in tumulo, qui minimo est satis!
    Quid valent palatia pulchra, vel quid aedes?
30 Vix nunc tuus tumulus septem capit pedes.
    Quemque false iudicas, ammodo non laedes.
    Per te mihi miserae est infernalis sedes.
    Ego quae tam nobilis fueram creata,
    Et ad formam domini tam bene formata,
35 Ac ab omni crimine baptismo mundata
    Et ut fructum facerem tecum ordi- fol. 73.
v. a.
              nata,
    Per te sum criminibus graviter damnata.
    Vere possum dicere, heu! quod fui nata.
    Utinam ex utero fuissem translata
40 Protinus ad tumulum! et sic liberata
    A poena tartarea, mihi iam parata.
    Nec est nimirum, fateor, quod dum vixisti
    Quidque boni facere non me permisisti,

Sed semper ad scelera pessima traxisti
45 Unde semper erimus in dolore tristi!
In poenis miserrima sum et semper ero!
Omnes linguae saeculi non possent pro vero
Fari poenam nimiam, quam infelix fero.
Sed quid magis cruciar? veniam non spero.
50 Ubi nunc sunt praedia, quae tu congregasti?
Celsaque palatia, turres quas fundasti?
Gemmae, torques, annuli, quos super por-
tasti?
Et nummorum copia, quam nimis amasti?
Ubi lectisternia, tam miri decoris?
55 Vestes mutatoriae varii coloris?
Species aromatum optimi saporis?
Vasa vel argentea nivei candoris?
Non sunt tibi volucres, nec caro ferina;
Nec cignis nec gruibus redolet coquina.
60 Nec murenae nobiles, nec electa vina.
Es nunc esca vermibus, haec est lex divina.
Talis peccatoribus imminet ruina.
Tua domus qualiter tibi modo placet?
Ecce, tibi summitas super nasum iacet.
65 Excaecantur oculi, lingua tua tacet.
Nullum membrum superest, quod nunc
luctu vacet.
Quidquid dudum vario congregasti more,
Dolo, fraude, fenore, metu vel rigore
Longaque per tempora cum magno labore,

70 A te totum rapuit sors unius horae.
   Non modo circumdaris amicorum choris.
   Cui per mortem cecidit flos tui decoris
   Rumpitur cujuslibet vinculum amoris.
   Et tuae tristitia cessavit uxoris,
75 De qua dotis gaudium tulit vim doloris.
   In tuis parentibus ammodo non speres,
   Mortem tuam breviter plangit tuus heres.
   Qnia sibi remanent turres, domus et res
   Et thesauri copia, pro qua modo moeres.
80 Nou crede quod mulier tua, sive nati
   Darent duo jugera terrae sive prati
   Ut uos, qui de medio sumus jam sublati,
   A poenis redimerent, quas debemus pati.
   O caro miserrima, es ne modo tuta
85 Quam mundi sit gloria fallax et versuta?
   Pessimis et variis vitiis polluta   fol. 73. v. b.
   Et veneno daemonum nequiter imbuta?
   Pretiosis vestibus non es nunc induta,
   Tuum valet pallium vix duo minuta,
90 Parvo linteamine jaces involuta.
   Adhuc tuum meritum non es consecuta.
   Tibi modo pauperes non ferent tributa
   Et, licet non seutias nunc tormenta dura,
   Scies, quod suppliciis non es caritura.
95 Nam testantur omnium scripturarum jura,
   Quod tormenta postmodum mecum es pas-
                    sura.

Quia pater pauperum non eras, sed praedo,
Te rodunt in tumulo vermes et putredo.
Non possum hic amplius stare, jam re-
               cedo.
100 Nescis ad opposita respondere credo."
          C o r p u s.
Tandem postquam spiritus talia dixisset
Corpus caput erigit, quasi revixisset.
Postquam vero gemitus multos emisisset
Secum quis interrogat locutus fuisset.
105 "Es ne meus spiritus, qui sic loqueharis?
Non sunt vera penitus omnia, quae faris,
Quia in parte vera sunt et parte nugaris.
Feci te multoties, fateor, errare,
Et a bonis actibus saepe declinare,
110 Sed si caro faciat animam peccare
Quandoque nimirum est, dicas tibi quare.
Mundus et daemonium legem pepigerunt,
Fraudis ad consortium carnemque tra-
               xerunt.
Animam blanditiis suis subtraxerunt,
115 Et ut bos ad victimam, secum hanc duxe-
               runt,
Ac in imum baratri eam projecerunt.
Sed sic, ut praedixeras deus te creavit,
Et bonam et nobilem sensuque dotavit,
Et ad suam speciem pariter formavit,
120 Ut ancilla fierem tibi me donavit.

Ergo si domina creata fuisti
Et dabatur ratio, per quam debuisti
Nos in mundo regere, cur mihi favisti
In rebus illicitis et non restitisti?

125 Caro non, sed anima tenetur culpari,
Quae se, cum sit domina, sinit ancillari.
Nam caro per spiritum debet edomari
Fame, siti, verbere, si vult dominari.
Caro sine anima nihil operatur,

130 Cuius amminiculo vivens vegetatur;
Ergo si per spiritum caro non domatur
Per mundi blanditias mox infatuatur.
Caro, quae corumpitur, per se malum
nescit.
A te, quidquid feceram, primitus proces-
sit.

135 Cum carni, quod spiritus optat, inno- fol. 74.
r. a.
tescit,
Donec fiat plenius, caro non quiescit.
Tunc, si velle spiritus in actu ducatur
Per carnem pedisequam suam, quid cul-
patur?
Culpa tangit animam, quae praemeditatur

140 Quidquid caro fragilis vivens operatur.
Peccat tamen gravius, dico, mihi crede,
Carnis sequens libitum fragilis et foedae.
Rodunt mea latera vermes in hac aede.
Jam non loquar amplius, anima recede!"

Anima.

145 Cui dixit anima: "adhuc volo stare,
  Et, dum tempus habeo, tecum disputare,
  Ut, quod mihi loqueris caro tam amare,
  Volens mihi penitus culpam imputare.
  O caro miserrima, quod vivens fuisti

150 Stulta, vana, fragilis a quo didicisti
  Verba tam acerrima, quae jam protulisti?
  Attamen in partibus recte respondisti.
  Illud esse consonum scio veritati,
  Restitisse debui tuae voluntati,

155 Sed tua fragilitas, prona voluptati,
  Atque mundo dedita noluit haec pati.
  Erimus penitus ergo condemnati.
  Quando te volueram caro castigare
  Fame, vel vigiliis, verbere domare,

160 Mox te mundi vanitas coepit invitare,
  Et ipsius frivolis coëgit vacare,
  Et ita dominium de me suscepisti,
  Ac dolosa proditrix tu mihi fuisti.
  Per mundi blanditias me post te traxisti

165 Et peccati puteo dulciter mersisti.
  Scio me culpabilem, nam in hoc erravi,
  Quod, cum essem domina, te non refrenavi,
  Sed, cum me deceperas fraude tam suavi,
  Credo, quod deliqueras poena magis gravi,

170 Si mundi delicias, dolos machinantis,
  Despexisses fatua, sic et incantantis

8 *

Daemonis blanditias et altitonantis
Adhaesisses monitis essemus cum sanctis.
Sed, tum tibi pridie mundi fraus arrisit,
175 Et vitam diutinam firmiter promisit,
Mori non putaveras, sed mors haec elisit,
Quando de palatio, tumulo te misit.
Hominum fallentium mundus habet morem,
Quo magis amplectitur, quibus dat hono-
                rem,
180 Illos fallit citius per necis rigorem,
Et dat post delicias vermes et foetorem.
Qui tibi, dum vixeras, amici fuere,
Jacentem in tumulo nolunt te videre."

C o r p u s.

Corpus hoc intelligens statim coepit flere
185 Et verbis humilibus ita respondere:
"Qui vivendo potui multis imperare, fol. 74.
                                r. b.
Aurum, gemmas, praedia, nummos
                      congregare,
Castella construere, gentem judicare, .
Putasne, quod credidi tumulum intrare?
190 Non, sed modo video, et est mihi clarum,
Quod nec auri dominus, nec divitiarum,
Nec vis, nec potentia, nec genus praecla-
                rum
Mortis possunt fugere tumulum amarum.
Ambo quidem possumus adeo culpari,
195 Et debemus utrique, sed non culpa pari.

Tibi culpa gravior debet imputari,
Multis rationibus potest hoc probari.
A sensato quolibet hoc non ignoratur,
Jura clamant, ratio pariter testatur.
200 Cui major gratia virtutum donatur,
Ab eo vult ratio, quod plus exigatur.
Vitam et memoriam, sed et intellectum
Tibi dedit dominus sensumque perfectum,

. . . .

Pravum et dilligere quidquid erat rectum.
205 Postquam tot virtutibus dotata fuisti,
Et tu mihi fatue pronam te dedisti
Meisque blanditiis, et non restitisti,
Satis patet omnibus, quod plus deliquisti."
Corpus dixit iterum corde cum amaro:
210 "Dic mihi, si noveris, argumento claro
Exeunte spiritu carne quid sit caro?
Monet ne se postea saepius, aut raro?
Videtne? vel loquitur? non est ergo cla-
                                    rum,
Spiritus vivificat, caro prodest parum?
215 Si haberet anima deum suum carum,
Nunquam caro vinceret vires animarum.
Si deum, dum vixeras amasses perfecte,
Et si causas pauperum judicasses recte,
Nec pravorum hominum adhaesisses se-
                                    ctae,
220 Non me mundi vanitas decepisset, nec te.

Tandem, quum fueram tibi vivens ficta,
Ea, quae nunc respicis, mihi sunt relicta,
Putredo cum vermibus est haec domus
          stricta!
Quibus sum assidue, fortiter afflicta
225 Et scio praeterea, quod sum surrectura
In die novissimo, tecumque passura
Poenas in perpetuum. O mors plusque
          dura,
Mors interminabilis, fine caritura!"

      A n i m a.

Ad hoc clamat anima voce tam obscura:
230 „Heu! numquam fuissem in rerum natura!
Cur permisit dominus, ut essem figura
Sua, cum praenoverat, quod sum peritura?
O felix conditio peccorum brutorum!
Cadunt cum corporibus spiritus eorum,
235 Nec post mortem subeunt locum tor-fol. 74.
               v. a.
          mentorum,
Talis esset utinam finis impiorum!"

      C o r p u s.

Corpus adhuc loquitur animae tam tristi:
"Si tu apud inferos anima fuisti,
Dic mihi, te deprecor, quod ibi vidisti.
240 Si qua spes sit miseris de dulcore Christi?
Dic, si quod nobilibus parcatur personis,
Illis, qui dum vixerant sedebant in thro-
          nis?

Si sit illis aliqua spes redemptionis,
Pro nummis vel praediis, ceterisque do-
nis?"

A n i m a.

245 "O corpus, haec quam carent ratione!
Nam si illic veniunt damnatae personae
Mortales, subaudias, pro transgressione
Non est spes ulterius de redemptione.
Nec per elemosinas aut oratione.

250 Si tota devotio sanctorum oraret,
Si tota religio semper jejunaret,
In inferno positum numquam liberaret,
Quia dei gratia quisquis illic caret.
Non daret diabolus ferus et effrenis

255 Unam entem animam in suis catenis
Pro totius saeculi praediis terrenis,
Nec quemque sineret, quod careret poenis.
Adhuc quid interrogas si unquam parcatur
Personis nobilibus? nunquam lex haec da-
tur!

260 Quanto quis in saeculo magis exaltatur,
Tanto cadit gravior si transgrediatur.
Dives moriens, si forte damnatur,
Gravius prae caeteris poenis implicatur!"

D a e m o n e s.

Postquam tales anima dixisset moerores,
265 Ecce, duo daemones, pice nigriores, —
Quorum turpitudinem totius scriptores

Mundi non describerent, nec ejus picto-
                                    res,
Ferreas furcinulas manibus gerentes,
Ignemque sulphureum per os emittentes,
270 Similes ligonibus sunt eorum dentes,
Ex eorum naribus prodeunt serpentes,
Sunt eorum oculi ut pelves ardentes,
Et in suis frontibus cornua gerentes,
Per extrema cornua venenum fundentes,
275 Aures habent validas sanie fluentes,
Digitorum ungulae ut aprorum dentes —
Isti cum furcinulis animam carpserunt,
Quam mox apud inferos impetu traxerunt.
Quibus jam diaboli parvi occurrerunt,
280 Qui pro tanto socio gaudium fecerunt,
Ac loco tripudii dentibus strinxerunt,
At illi cum talibus ludis applauserunt.
Quidam vinculis ferreis ventrem ligave-
                                    runt,
Cervinis corrigiis hanc flagellaverunt,
285 Quidam os stercoribus suis impleverunt,
Quidam plumbum fervidum intro pro- fol. 74.
                                    v. b.
                         jecerunt,
Et in eius oculis quidam consumserunt.
Quidam suis dentibus frontem corroserunt,
Quidam suis cornibus eam compunxerunt.
290 Suis quidam ungulis latera ruperunt
Et a toto corpore pellem abtraxerunt.

Post haec dicunt daemones fere fatigati,
"Hi qui nobis serviunt sic sunt honorati!
Nondum tamen nosti, quot sunt cruciati,
295 Nam debes in centuplo graviora pati!"
          A n i m a.
His auditis anima gemens suspiravit,
Et voce, qua potuit, parum murmuravit.
Voce lamentabili querula clamavit:
"Creaturam respice tuam fili David!"
          D a e m o n e s.
300 Reclamabant daemones et dixerunt ei:
"Tarde nimis invocas tui nomen dei.
Parum prodest ammodo, "m i s e r e r e
                    m e i."
Non est tibi veniae spes vel requiei,
Nec lumen de caetero videbis diei.
305 Decor transmutabitur tuae faciei
Et assimilaberis nostrae speciei.
Nostrae sociaberis et huic aciei.
Nam sic apud inferos consolantur rei!"

Talia dum videram dormiens expavi,
310 Et extra me positus statim vigilavi.
Mox expansis manibus ad deum clamavi,
Orans ut me protegat a poena tam gravi,
Mundumque cum frivolis suis condemnavi.
Aurum, gemmas, praedia, vanum repu-
                    tavi,

9

315 Rebus transitoriis abrenuntiavi
     Et me Christi manibus totum commendavi.

Deo gratias. Explicit. *)

B.

Wer nennen dis buchelin,   der sele vnd des liebes kriek;
So sal sia rehter name sin,   Nu hore menlich vnde' swick:

---

1   Ein guter man, alz ich daz laz, fol. 1. r. a.
     vil lange ein einsidel was.
     von Francriche er was irkant,
     Fulbertus lebens gut bekant.
5   do er in der werlt bie leben
     was leitte er so eben,
     was rede wart von im vorbracht,
     da wart nicht zwivels zu gedacht.
     diser was vorwar vernumen
10   von kvniclichen geslechte kumen.
     gar alle sines lebens ziet

*) *Zu spät, um davon noch den gehörigen gebrauch ma-
chen zu können, hat mich prof. Hoffmann von
Fallersleben auf zwei hss von A, so wie auf eine
niederdeutsche bearbeitung aufmerksam zu machen die
güte gehabt. ich sage ihm hiemit meinen dank und will
die ausbeute seiner nachweisungen, wenn mir erst ab-
schriften jener aufzeichnungen werden zugekommen
sein, bei nächster gelegenheit veröffentlichen.*

zoch her sich von boshiet besiet.
do er der werlde noch was bie
des lehens sin was er vil vrie.
15 dem selben ein gesicht vur quam,
das er in diser wies vernam:
 "In einer nachte stiller stunt
do wart ein geistlich troum mir kunt:
ein licham selelos do lag,
20 von dem ein sulch gesicht min pflag:
slafens wenic, wachens las,
schin der selben stunden was.
die sele nvlich was vor varn
in sunden von der werlde scharn,
25 in den si ovch vortumet lag,
do von si weinens, sufzens pflag
zu kein des corpers missetat,
den si mit worten hart zu trat:"

             A n i m a.

 "O armis vleisch, wer hat nv dich
30 gevellet sus so clegelich?
di werlt hatte an dich geleit   fol. 1. r. b.
gester ir groze richeit,
zu dienste was sie dir benant
in vorhten hatten dich di lant.
35 die volge des gesinde din
war ist kumen ir dienstlich schin?
der zagel diner eren gar
ist nu vorhouwen dir vor war.

                 9 *

vf turmen von steinen geviert,
40   noch in palasen gros geziert
ist nu din wonen nicht bereit.
vf eine bar bist du geleit,
vil lutzel doch ist minner vil
bereit din grab in diesem zil,
45   das kume siben vuse hat.
was suln din sal zierlich gesat?
mit diens valsches gerichtes var
enbistu vurder niemant swar.
von dem uns immer sunder vrist
50   Ein stul bereit zur helle ist.
sih! di so edele was geschaft,
vnd in gotes glichnis behaft,
vnde von aller svnden blas
gereinget mit der toufe was,
55   bin widder beswertzt sunden din
du armis vleisch, do von ich bin
vervlucht; des ich mag sprechen hart:
we! das ich ie geboren wart
we! das der tot mich nicht e nam,
60   e ich von muter libe quam,
und so irlost von hertekeit   fol. 1. v. a.
der pine, di mir sint bereit.
die wiel du lebens phlege hie
nicht guttat du mich wirken lie,
65   sunder sunde zu aller ziet.
des ewik leit uf vns beliet.

In iemerlicher note pin
mus ich immer wesende sin.
di zungen al der werlde schar
65 enmochten nicht sprechen vor war
die minsten pin, die ich trage.
doch ist das min groeste clage,
das ich hoffelos gnaden bin!
war sint nu gar din erbe hin?
70 gesteine vnde vingerlin
die waren an den vingern din
vnd phenge vil dir ingeleit.
dar zu din riche bette cleit
vnd cleider mancher hande var,
75 dar zu din silber-vas vil gar,
das dir was lieber vil den got.
dis sprech ich hi al sunder spot.
man siht ouch nu di kuchen din
vil gar wiltbretes eine sin,
80 beide des kranches vnd des swan
siht man sie vurder ane stan,
vnd aller tier gemeine
sibt man wesen nu sie eine.
der wurme kost du wurden bist,
85 das ouch ein gotlich recht wol ist;
der sunder ual nehet sich sus.   fol. 1. v. b.
wi ist behegelich dir din hus!
sin hoe dir uf der nase liet.
din zunge sprechens nicht me phliet,

90 vorblindet sind di ougen din,
    die kein gelit an dir mac sin,
    das sie vir haben leides var.
    al diser werlde vroude gar
    alsam ein erweis sint geacht.
95 das du hie vor in mancher macht
    gesamnet hat mit truge list,
    mit liebe, vorchte, strenger vrist
    in langer ziete hertekeit
    vnd ouch mit groser erebeit,
100 von dir enzucket gar mit not
    hat einer kurzen zite tot.
    vort mer nicht dich vmme geben
    mit vrouden diener vrunde leben,
    want mit dem tode ist geleit
105 die blume der diner zierheit.
    ouch siht man gar vorgangen sin
    di leide der husvrouwen din.
    zu brochen sint alle di bant
    da vruntschaft ie wart bi erkant.
110 zun vrunden din nicht hoffe hir!
    din kint beweinet dich vil schir,
    wand im blibet das erbe din
    vnd dines grozes schatzes schin,
    da von wir pine doelnde sint.
115 ich wene, das noch wip noch kint
    vumf morgen ackers, wisen geben, fol. 2. r. a.
    vf das sie von vns beneben

losten keiner pine leit,
die uns zu liden sint bereit.
120 O armis vleisch! nu weistu war
der werlde vroude truge gar,
di dich mit laster hant besuelt
vnd mit der tuuel gift behuelt.
das palas vnd di cleider din
125 nicht zweier phenge wirdic sin.
ein cleines. tuch ist nu din cleit,
di armen sint dir nicht bereit
den zins zu brengen vurder dir.
den lon den du er arnt has hir
130 er uolget. has allein du nicht
énlidet noch der pine pflicht,
der du nicht enik wirdest noch,
— das alle schrift bezuget doch —
lieden pin, kvmst du zu mir,
135 des saltu sicher sin alhier.
der armen vater nicht du wer,
sunder in vil mit roube swer,
da von dich in dem grabe din
gnagen vuelde wurme mit pin.
140 willen han ich, von hinnen ge
wand ich nicht vurder mac beste.
ich wene das du nicht kunst mir
der rede antwurt geben mir?"
da mitte lies die sele da
145 ein wile ir rede besta.

Corpus respondit.

Do sus di sele vollen sprach   fol. 2. r. b.
der licham das houbt uf bach,
recht als er were lebende hie.
sufzens vil von im irgie,
150 in den her vragete swere
wer mit im redende were.
"bistu min sele, sage mir,
der sulche rede vures hir?
nicht sint war gar al dine wort,
155 als ich daz wil bewisen vort.
mit worten schoen, doch ist ein teil
die rede din an worheit heil.
ich bekenne, dich dicke han
an guten werken irre tan.
160 zu stunden das nicht wunder ist,
das hore hie wo von das ist:
die werlt vnd ouch der tuuel schar
eine e enzamt haben gar.
mit geselleschaft trugenlich
165 zient sie das torsche vleisch an sich,
das von ir semfter trugenheit
der lip die sele sin vorleit,
dem sie von der tugende stam
hin volget zu der sunden slam,
170 alsam der ochse phlegen tuet,
so man in zu dem tode zuet.
got dich geschuf — du spreche hir

alz ich vornam itzunt von dir —
Gut vnd ouch edele genuc,
175 sinnens riche vnd do bi cluc.
des du ouch hie vil gewere   fol. 2. v. a.
geschaft zu vrouwen mir were.
da mit das recht dir wart gegeben
so, das du sullest vnsir leben
180 richteu in dieser werlde hier.
warvm hastu gefolget mier?
an sachen vnzitlich getan,
nicht wider stuende du mir dran.
die sele vud der licham nicht
185 sal billich liden strafens phlicht,
want sie vrouweliche wirde hat
vnd doch meitliche tat an vat.
der geist den licham zemen sal
mit zucht, durst, hunger, vuget wol,
190 ab her den lip herschen wil.
Daz vleisch tut an den geist nicht vil,
want is von siner hulfe tat
des lebens vucte von im hat.
hi von, ist das der geist verbirt,
195 das nicht das vleisch gezemet wirt,
zu hant der werlde susekeit
virleitet is zu itelkeit.
daz vleisch von vuelde wirt ein wicht
vnd weis doch selbe rbels nicht.
200 da von was is hi hat began

ist gar von erst von dir entzstan,
want was der geist ir griefet hier,
das wirt ir kant dem liebe schier,
so, das is vollen wírt geant,
205 so nim der lip sin rue zu hant,
die schult die sele ane gat,   fol. 2. v. b.
want si bedenket gar die tat.
was so daz kranke vleisch begat
an werken wiel is leben hat,
210 des hastu mer gesvndet hier,
das sprech ich dir, geloubes mier.
wollust der lip zu volgen phliet,
da kranker vnvlat vil an liet;
des gnagen nu di site min
215 die wurme in dis grabe schrin.
nicht vurbas wil ich sprechen me
dir sele zu, von hinnen ge!"
sus bleip des liebes rede stan
in diseme sinne da getan.

A n i m a.

220 Die sele sprach zu dem liebe:
"ich wil hie noch stende bliebe,
die wiel ich di ziet haben kan
vnd kein dir mine rede han.
warvm tuestu lip kein mich
225 din rede hi so bitterlich?
so, das du wilt uf mich vil gar
legen alle der schulde var?

o armis vleisch, nu sage mir,
do du bi leben were hier,
230 thorecht vnd ouch gar trugenhaft,
von wem hastu der lere haft
alhie diser scherflichen wort,
di itzunt sint von dir gehort?
idoch an vil sachen eben
235 Hastu recht antwurt gegeben.
ich weis das glich der warheit sin, fol. 3. r. a.
das ich solde den willen din
vor wesen; doch dine krankeit
was stete der wollust bereit
240 vnd zu der werlt gewant also,
das si is nicht wolde liden do.
want ich mit hvnger slegen wolde
dich zemen, also ich solde,
zu hant der werlde itelkeit
245 was an sich stricken dich bereit,
der vppekeit betwanc dich sa,
das du is lisest gar besta.
also du die herschaft mir
benemest gar von mir zu dir,
250 do mite der verluste min
du wurde mir ein dinerin,
vnd mit der werlde susekeit
hastu mich hin noch dir vorleit
vnd in der svnden phvtzen val
255 semftlich gesenket mich zu tal.

in scheiden weis ich ith wesen ich,
dran han ich nicht geirret mich,
want ich hatte vrouweliche stat
vnd dich nicht uf hielt an der tat;

260 abir das du so suseclich
mit truge zuge mich na dich,
ich wene dich gebrochen han
an schulden groesern vil getan.
der werlde lust, wer das du di

265 vnd ouch ir valsche smeichen hi   fol. 3. r. b.
hettes besehn vnde ir vntat,
vnd ouch den zouberclichen rat,
des tuuels vntzertlichen spot,
da bi ouch den hoen got

270 vnde behalden, strafen gar
wir weren in der heilgen schar.
abir da gestern di werlt hir
mit ir lobe zulachte dir,
vnde dir ein langes leben

275 vesteclich gelobte geben,
do dachte du zu sterben nicht,
do brachte dich der tot in nicht.
da er dich von dem palas din
der luge truge hat in ein

280 gliche mit der werlt gemein,
die vmme tuet mit herschaft sie
vnd in gibet ere hie,
die tut si erstin hin geleit

mit des todes strengekeit.
285 nach wollust sie zu geben phlit
stanc vnde wurme alle zit.
da du weres e bi leben,
di dir mit vriuntschaft waren neben
dich note woelden sehnde sin
290 ligende in dem grabe din!"
do dit licham da vernam
in heizes weinen her bequam,
vnd mit ein valden worten sin
sus tet sine antwurte schin:

C o r p u s. fol. 3. v. a.

295 "Ich der bi lebene tochte
vnde viel gebieten mochte
golt, gesteine, erbe hatte vil,
gesamnet phenge svnder zil,
vesten zu buwen manchen tag
300 vnd ouch das volc zu richten phlag,
gelouben dachte nicht dar ab
mich ith kumen in das grab.
svnder ich se is nu vor war
vnde in vollem lichte clar,
305 das nicht mac goldis herschaft
noch keiner hande richeit craft
di wedir sterke noch gewalt,
noch kein geslechte wol gestalt
mugen nicht enphliende sin
310 der bitterlichen todes pin.

beiden mac man vns schult geben,
doch nicht in glicher mase eben.
man sal doch des gelouben mir,
di groste schulde geben dir.
315 das man mit manchen geweren
an vil reden mac beweren.
ein iclich der vernvmfte hat
der sinne des sich wol verstat.
du selber weist is wesen war,
320 wand is di schrift bezuget gar,
das weme hie gnaden mer
gegeben wirt an tugent her
von im wil das recht das han;
das der sal gutat me began.
325 siu vernvmft, gedanken, leben   fol. 3. v. b.
vollic hat dir got gegeben,
mit dem du hie betwungen san
an der beger mich soldis han;
nicht zu liep haben bosheit,
330 den sunder di gerechtikeit.
wand du an so vil tugent hir
gerichet were gar uor mir
vnd das du thorinne an mich
dich gebe, so bereite dich
335 nach dem minem semften mere
nicht wider stende were.
da von ist offen alles das,
wand du vil me gebrochen has!"

　　　der licham sprach do vort als e
340　mit bitterlichen herzen me: ⠂

　　　　　　Interrogatio.

　　　«Mir sage, ob dir kvnt icht sie
　　　vnd ouch an schoner bischaft bi,
　　　das vleisch, so is der geist ver lat,
　　　was is der lip an der tat?
345　reget her icht sich dicke da?
　　　schiere selden mer dar na.
　　　siht her oder redet her?
　　　das ist wol offen diner ger:
　　　der geist das leben geben phlit,
350　kein vrume an dem vleische liet.
　　　wer, das di sele hi hete
　　　iren got in liebe stete
　　　nimmer das vleisch vorwunde
　　　des geistes treffe kein stunde.
355　wer das du got an voller tat　　　　fol. 4. r. a.
　　　in liebe hettes hi gehat,
　　　vnde der armen sachen swar
　　　rechte gerichtes hettes gar,
　　　vnd der bosen lute hi
360　ir sette nicht gewesen bi,
　　　nicht dich der werlde itelkeit
　　　hette so listeclich virleit.
　　　idoch want ich e bi leben
　　　dir geschicket was zu neben,
365　das du den sihst svnder wan,

das ist gentzlich mir virlan.
vuelde da bi ouch wurme vil
vnd dieses enges grabes zil
mit den bin ich steteclich
370 sus verstricket vesteclich.
doch weis ich das geschen he na,
mich von dem tode uf ir sla
vnd an dem ivngesten tage
mit dir dan mich liden clage,
375 eweclich vnd immer me
in des vil herten todes we.
gar vnzellichen ist der tot,
nicht hat ouch ende sine not!"
dar nach der licham lies beste
380 ein wiele siner rede me.

        Anima respondit.
noch schrei di sele clegelich
mit stimme nicht verborgenlich:
    "We! das ich ie geschaffen wart
zu sachen natuerlicher art!
385 Warvm vorlie di gotes craft,   fol. 4. r. b.
das ich ie wurde keine geschaft,
sint das er wiste zu vor hin,
das ich vor lorn solde sin!
o! wi selic das leben hie
390 ist des vnvirnvmftlichen vie!
wen so ir licham hi vorgant
ir geiste in der not bestant.

noch kvmen nicht, noch tode sin
in keiner stete note pin.

395 ich wolde das alsus were
hie das ende der svndere!"

Corpus respondit.

Der licham zu der selen sprach
do her si so betruhet sach:
"Ist dines wesen icht gesin

400 bi den, di da zur helle sin,
was du da sehe berichte mich,
des bitte ich betetlichen dich.
ab icht die armen hoffens wan
zu dem susen xpo han?

405 sage, ob man der edeln icht
virschone an di keiner schicht,
di in ir lebenden jaren
in richeit sitzende waren?
ab icht den selben trostes si,

410 der irlosvnge wesen bi
vor odir erbeschaft
adir die keiner gabe craft?"

A n i m a.

Der geist sprach: "diser vrage tat
keine antwurte nicht enhat.

415 wer eines kumt zur helle pin,   fol. 4. v. a.
welche personen da si sin
di sint tot, das hore nu hir,
von ir schult, das sage ich dir.

10

nach darf in nicht trostes si
420 keiner losvnge wesen bi
durch dikeines almusen gift
noch durch dikeines gebetes stift.
wer, das der begebenen schar
ir uasten teten alle gar,
425 vnd das al di werlt in ein
glich geben gar ir gut gemein,
ein der in der helle were
nimmer losten si der swere.
want ein itlich, der da ist hin
430 mus gots gnaden darbende sin.
nicht gebe der tuuel schar,
begeben vnd unbegeben gar,
ein sele us der keten sin,
die dran beuestet ist mit pin.
435 noch vm al der werlde erbe,
bederbe vnde vnbederbe,
noch das si keine zite sin,
si liezen darben note pin.
Also din vrage ouch nu stat,
440 ab man dikeine schone hat
personen edle getan.
nu wisse vor ein recht si han:
wer mer in diser werlde rant
an wirden hoer wirt irkant,
445 des val vil swerer wirt getan,   fol. 4. v. b.
ab her das recht hat vbergan.

darvm, so der riche stirbet,
vnd in sunden ouch vertirbet,
vor andern wirt der swerlich me
450 versenket in der pine we.»
        D i a b o l i.
do sus di sele gar volant
die rede hette hi irkant,
sich zwene tuuel swartz gevar,
noch swerzer den ein pech vil gar —
455 der vngestalt alle schriber
nicht schriben noch malten meler
di trouwel trugen yserin
da selbens in den handen sin,
vuer von swebele si ouch da
460 liezen us iren helsen ga;
ir ougen waren zu der ziet
glich den vuerinen becken wiet;
glich den yserinen houwen
mochte man ir zene schouwen,
465 ouch sach man us ir nase gan
di slangen vil grulich getan;
da bi ir oren waren wiet,
dar us vlos eiter zu der zit;
ouch sach man an den stirnen sie
470 horner tragen alsam das vie,
di us iren enden liezen
zu der zit vergifte vliezen;
nagel sach man ir vinger han

10 *

- alsam die wilden ebers zan, —

475 dise mit ir crouweln sa
die sele namen zu in da,
die sie san zu der helle pin
mit wuchzen zugen zu in in.
den uf der selben verte zil
480 begeinten cleiner tuuel vil,
die von des gesellen wegen
vrouden vil begunden phlegen.
mit sulchen spiln vil geriben,
die sie kein im honlich triben
485 in bindende da herteclich
gebert mit riemen uesteclich.
sidende bli ir ettetlich
da in in giessen vlissen sich.
etzliche im ouch da den mvnt
490 mit zwecke vulten zu der stunt.
etzliche phlagen ouch, das sie
ym netzten in die ougen hie.
mit iren zenen vnvugen
di stirn ir etzlich im genugen,
495 etzlich mit irn nageln vlizzen,
das si im di siten rizzen;
ouch zugen si im zu der ziet
von dem liebe di hut besiet.
dar nach der tuuel dit so sprach,
500 alsam in mude das geschach:
"die vns mit dienste wesen bie

die sullen sus geeret sie!
bis morgen an des tages zil
so saltu liden herter spil.”   fol. 5. r. b.

505 do dis di sele da vernam
in sufzen, weinen si bequam.
mit stimme so si mochte me
Ir murmeln liez si da ir ge,
daz zu der stunt von ir irginc,

510 da si der helle thor in gienc.
mit stimme da gar iemerlich
set si ir schrei vil clegelich:
“du gotes sun mit diner craft
sich nu her an dine geschaft!”

515 da wider schrei der tuuel schar
vnd sprachen zu im sus vil gar:
“zu spate rufes sunder wan
du dines gotis namen an.
nicht darft du vurbas sprechen me

520 ““din erbermde an mir irge””
gnade nicht wirt dir getan
noch hoffens rue dir wirt verlan.
vurbas me du des lichtes schin
en sihes nicht des todes din.

525 ouch mus ein wandelunge sin
der zierde des antlitzes din.
da bi wirstu gesellet gar
der vnser gemeinschafte schar.
ouch so wirstu do da bi balt

530 vnserm antlitze glich gestalt
in der wis, zu der helle leit.
sulch trost den svndern ist bereit."

Dise rede her nach geschach   fol. 5. v. a.
von dem der dis gesichtæ sach:

535 "Do mir ein sulch gesicht wart kunt
ein schrik in slave mir entstunt,
von dem ich us mir selbir quam
vnd ouch den slaf mir gar benam.
mit zusparten henden do san

540 an got min rufen wart getan,
bittende mich schirmende sin.
da von der sweren leides pin
der werlde durterheite uar
ich san vervluchte do vil gar.

545 golt, gesteine, erbes zu phlicht
das hilt ich vurder sam ein nicht.
san alle dinc vorgencliche
di vor sprach ich da gentzliche,
unde den henden cristi ich

550 beual ich gar beschirmen mich."

Mundi status.

Sich wi di werlt irsturbet gar,
begraben in der sunden schar.
di ordenunge wirt verwant,
der wise thorecht wirt irkant,

555 der ellent ist gerechtikeit,
der gotis dienst wirt hin geleit.

in der werlde sint zu phlege
vnstuer, erbeit alle wege.
di werlt sich in vorterbens clagen
560 sich keret nu in disen tagen,
wand anderweit sint worden sus
jupiter vnd do bi phebus,
die zwene e in ir iaren   fol. 5. v. b.
des richtumes gote waren,
565 das blinde volc in der zit wielden,
das si vor gote si des hielden.
want wer den phennis hi beuat
vnd vber vluzze gutes hat,
der wirt geeret alfam crist
570 alnu in diser zite vrist.
di in der heiligen schrift irkant
di grosten tugent sind benant,
geloube, liebe vnde hoffen
nu sint verdruct, das ist wol offen,
575 von truge vnde gierheit wegen.
di nv hi der gerichte phlegen
von diser zweier wegen craft
hant si der werlde herschaft.
ist das du edel bist gesin
580 vnde schoen an dem antlitze din,
semftmuteg, wise getan,
da bi in voller zucht verlan,
das veruchet an dir nicht,
ist das du has des guten nicht.

585 das gut alleine tut gewis
     geslechte vnde gesteltnis.
     so ich alleine von gewalt
     an cleidern zitlich bin gestalt
     vnd ich mit des gesindes schar
590 grotlich bin vmmegeben gar,
     so bin ich wise vnde clug
     vnd da bi hubisch wol genug.
     zu hant gewin ich vrunde vil,   fol. 6. r. a.
     di zu mir sprechen in dem zil:
595 "din neue vnd din mac ich bin."
     sus wirt ir wort kein mir von in.
     so da di richeit abe lan,
     di liebe den verswindet san
     vnd ouch di mageschafte kvnt
600 verkaldet mit der gvnst zu stunt.
     bekentnisse entwiecht da zu hant,
     das dem ich werde vubekant
     der, do ich hi in richeit lac,
     zu kein mir uf sten, wiechen phlag.
605 o wunderliche itelkeit!
     o richeit! ist an dich geleit
     ein liebe gar beweinnelich!
     o ein vergift gar bitterlich!
     varvmme du so manchen man
610 ir totis, di du lieb tust han?
     dinc, das schirer vil irget,
     den flamme di von werc enstet!

das der phennig richen eben
sachen dri vermochte geben!
615 in schoner iugent stete sie,
den tot vermieden ouch da bie,
dar zu schone kint ir werben,
vnd nicht note si vor terben,
so mochte wol der richen schar
620 vil gerne phenge samnen gar.
armes mensche bedenke des dich,
alles zuhet der tot an sich.
wer ist von ersten ie gewesen,   _{fol. 6. r. b.}
der ie des todes sie genesen?
625 den als di schrift bezuget noch
Elyas vnd ouch Enoch.
der hute hie sin leben hat
morgen zu vuelen der bestat,
hin vurder me dikeinen man
630 der tot verschoenen nicht enkan.
wen dines husis hoe hir
wirt ligen uf der nase dir,
den al der werlde vroude glich
wirt so ein tzwek behegelich.
635 ouch ist nimant mit itelkeit
noch keinen spilen dir bereit.
warheit wirt den irzeiget
vnde truge gar gesweiget,
da wirt di wisheit nicht als e
640 vor valscheit nicht geachtet me.

11

des richen wille wirt den nicht
gehalden vur ein recht me icht.
eim itlich wirt lon gegeben
noch verschulde maze eben.
645 wen das geslechte menschen art
wirt den tode zu gekart,
eim itlich ist gar vnbekant
wa er noch tode sie gewant.
da von ein wiser man genant
650 tut sine rede sus irkant:
ich ir kume vil steteclich,
so min mut des bedenket sich:
was ich bin vnde war ich ge   fol. 6. v. a.
vnd was bereitet mer wirt me.
655 so ich den tot betrachten bin,
getrubt in weinen stet min sin.
das eine, das ich sterben sal
vnd nicht en weis der zite val,
das dritte ist mir gar vnkvnt
660 wa hin min vart den werde kvnt.
hi von, got here, bit ich dich
durch dine gute, das du mich
du dines lones machis rich,
665 da bi dir in himelrich!

C.

Conflictus animae et corporis mortui in wulgari.

1   Hy vor in einer winter zeit   fol. 160. b.
Geschach ein Jemerlicher strit,
Bey nacht, alz ich iuch sagen wil.
frostes vnd ouch riffen vil
5 Betwungen hetten alle lant,
ein schrifft mir daz hat tan bekant:
wy daz ein wiser pfaffe sich,
der srifft gelaert vnd kunsten rich,
eins nahtes nyder hett geleyt
10 durch ruon, nach seiner gewonheit.
da luht ym vor den owgen sin
vil jamers vnd ouch grozze pin
von einer sel gar klegelich,
die hette bitterlich sich
15 gescheiden von dem lib hin dan.
die arme ser her wider kam
zu dem lichnam vnde sprach:
«We dir, we mir vnd ymer ach!
wir armen sint verdammet.
20 wir mueszen beide sammet
lyden ewigkliche pin,
vnd ist die schuld ach alle dein!   fol. 161. a.
du wondest des nu nitt en ist.

11 *

sych, wy du nuo gelegen bist,
25 das waz dir gestern gar vnkunt.
din zu versiht vff manig pfunt
goldes vnd silbers was gerichtet,
das hat des todes krafft geshlihtet.
gestern was dir vnder tân
30 lant vnd liut, dy musten stân
durch dinen zorn in grozer not,
nu bistu armer lichnam todt.
dein hohfart vnd din vbermuot,
gewalt vnd wunsch vnd alls din guot,
35 dy mugen dir gehelffen nitt.
dar zu din grosse zu versiht,
di da gehabt hâst lange zitt
vff dine friund, di ist nuo quitt.
wo sint din burg vnd ouch dyn lant?
40 daz ist dir alles vnerkant.
daz dir hy vor waz vndertôn,
daz hôt nuo alles dich gelôn.
waz kneht dir ye gegiengen nôch, fol. 161. v.
den ist nuo allen von dir goch,
45 daz soltu wissen sicher zwar.
du bist allhye uff eine bar
geleytt, die ist zu môssen breyt;
darnôch wirstu ze hant geleyt
in ein grap zu kurtzer zit,
50 daz ist koum dryer schuohe wît.
nu sihe was hilft denne dich

din sal gezirt von golde rich
vnd ouch dins grichtes stuol dar zuo
dar uff du spat vnd dar zuo fruo
55 vil manig valsches vrteil hast
gegeben, so dir rechts gebrast?
dar uff ensitzestu nuo nicht.
von dinen werkeñ mir geschiht
leydt vnd jamerliches we,
60 wir mueszen beyde immer me
ligen in der helle gluot,
erwenden mag vns daz kein guot.
mír wirt ouch nymmer helffe schin,
wy edel vñd wy rechte fin.
65 mich got von erst geschaffen hat. fol. 162. r.
wy doch ich sein hant getât
bin vnd ym ouch were glich
do man zum ersten touwffte mich,
doch wil er nymmer sicherlich
70 sich erbarmen vber mich.
daz ist von dinen schulden,
daz ich von seinen hulden
gescheiden bin an diser vart.
we! daz ich ye geborn wart
75 an diese welt, daz ruowet mich,
daz beide wir du vnd ouch ich
von ersten niht ersturben,
ee wir disz leidt erwurben.
wê daz geschehen, so wê vns wol!

80 nuo sint wir beide leydes vol,
    daz ist nit grosses wunder.
    dy wyl du lebst werd so munder
    vnd du gewaltigk werde mîn,
    so waz ich ye dins hertzen pin.
85 wann ich iht gutes wolde
    tun, alz ich billich solde
    gegen got, daz waz dir leyt.   fol. 162. v.
    din hertz, daz war uff veppikeit
    gerichtet vnd vff fursatz,
90 darvmb ist vnser beyder schatz
    gesetzet jaemerlichen dort
    in den ewiklichen mort,
    dar muosz ich varn in kurtzer frist!
    waz zungen nuo uff erden ist,
95 dye möchten alle nit gesagen
    die minsten pein, di ich muosz tragen.
    doch so entuot mir nitt so we,
    wenn daz mir armen nymmer me
    kein zu versicht gegeben (ist),
100 wann in der tyffen helle virst (vrist).
    da muosz ich ymmer ynnan sein
    vnd liden ewikliche pein,
    ich arme sel ellende!
    lip, wo sint nuo dine hende,
105 dar an du manig vingerlin
    truogd, von gold geworhtet fein?
    wo ist husz, hof vnd ouch din guot?

lip, wo ist nuo din vber muot?
wo ist din acker vnd din velt? fol. 163. r.
110 wo purg? wo tuern? wo nuo din gelt?
wo sind die schoenen pette din?
wo ist din korn vnd ouch din win?
wo sint dein kleider jegerlich
zersnitzelt vnd gar frewdenrich?
115 wo ist din speise wol bereyt,
mit guten wurtzen wol bespreit?
wo ist din silber vnd din golt?
wo alles, daz dir ye was holt?
daz hat nuo gar gelassen dich,
120 du bist gegeben sicherlich
den wuermen zu einem essen,
din friunt hant din vergessen.
dein hauss ist nuo ze massen witt,
der virst dir uff der nassen lit!
125 din zungen ist lam, din ougen blint,
din glider gar erstorben sint.
din guot, din wuocher vnd din schatz,
daz ist ye gewunde mit fursatz
bey aller deyner tage zil, fol. 163. v.
130 es sy joch lützel oder vil,
daz hât ein kleyne stunde dir
getzuecket, des gelaub du mir.
din friund dy hant ergeben dich,
wy lip, wy zart vnd ouch wy rich
135 du werde vnd wye lobesam,

si fliehent all von dir hin dan.
sit du nuo gantz erstorben bist,
din wîp och wenig trûrig ist,
wye dastu ligst hie vor ir tôdt,
140   darumb so treyt sy kleyne nôt.
din friund vnd ouch din môge
hant noch dir kleine frôge,
wonnd sy erbent alles din guot,
darumb sint sy gar wol gemuot.
145   du solt daz wissen sicherlich
sy losten alle dich noch mich
niht mit einem acker preyt,
wy wir doch beyde hertzen leyt
liden vmb den selben hort.
150   ach armer lip hastu gehort,   fol. 164. r.
was noch die wôrheit mueg gesin?
der welte lon, ir glantzer schin,
daz ist nitt anders wenn vergifft,
der tiuffel gât uff irn trifft,
155   er verleytet man vnd wip,
daz hast befunden armer lip!
all hye zu disen stunden
wor inn bistu gewunden?
in ein vil schnodes lynen wât.
160   wo nuo din sameyt vnd cyclat,
der dine stangen hiengen vol?
dy sint dir tiuwr, daz weisz got wol
nuo vnd hernach vnd yemerme.

wo sint dy armen den du we
165 vil hast getân, alz vmb ir guot?
die sint nuo wol vor dír behuot,
sint du bist tod so yemerlich.
eins dinges wil ich trosten dich:
wye du noch lidest kleîne pîn,
170 dir wirt ze iungst noch vil wol schîn
war nach du hie geworben hast.   fol. 164. v.
so du vor got zu gerichte stâst
an dem engeltlichen tag,
so hebt sich jemerliche klag
175 von vns beyden, daz geschiht.
din boeses hertz, daz wolte niht
zu keiner zit erbarmen sich
vber armen durfftigen jaemerlich,
des nagent hie die wuerme dich,
180 wy hoch, wie edel vnd wy rich
du werd bey dinen zitten.
ich mag nitt lêuger gebitten
ich musz nuo farn da ich sol
lip du bist aller vnmaht vol,
185 darvmb enmaht noch kanst nitt mir
geantwurtten, das sag ich dir,
des ich dich vor gefraget han,
darumb wil ich von hinnan gan.”
    Nu hoerent wie der lichnam sprach,
190 do diese red also geschach
von der sel gar klegelich.   fol. 165. r.

vff hueb daz hawbet selber sich,
recht alz ob ez nitt wer tôt,
mit avfftzen vnd mit jamers not
195 sprach es mit worten jemerlich:
    "Wer ist der hie nuo strôffet mich?
bistu mein sel, daz sage mir,
so wilich ouch antwurten dir,
wann du host nitt gar wôr geseitt.
200 wy doch din klag sy gar zebreit
 · vff mich, so hastu vil gelogen,
daz wirt nuo hie an dich gezogen,
wann es ist nitt gar alles wôr,
daz wil ich machen offenbar
205 gen dir, alz ich von rehte sol,
daz kan ich dir beweren wol.
du sprichst die schulde sy gar min;
nu sich darumb du lidest pin;
das mag wol sin, alz ich dir sag
210 vnd ist ouch daz min groste klag.
wan ich mich zu der welde zoch, fol.165. v.
so volgtestu mir albeg noch
vnd verstuente doch wol one spot,
daz du lebest wider got.
215 du soltest mich gezogen han
zu guten wercken, one wan,
syt du werde mir gegeben
ein meyster ueber min gantzes leben,
 · vnd erkantest ouch gar wol den schatz,

220 den tiufel vnd der welte satz.
dy beyd wol kuennen ueber ein,
dy pflantzten fleisch vnd daz gebeyn
vnd hegten es uf eyne stunt.
syt daz es dir vil vol was kunt
225 vnd volgtest mir doch alles nach,
nach üppikeit waz dir vil gôch,
dez soltestu nitt han getan!
du soltest wider gestrebet han
mym boesem fleisch, sit das du bist
230 vernueftig gar uff alle list,
vnd dir got gab von erste daz, fol. 166. r.
das du werd luetter mer denn glas
vnd dennoch edler vnd vil zart.
got gab dir sulche wird vnd art,
235 er bildet dich wol schon nach ym,
mich zewgt er dir vnd sprach: nuo nym
den lip, des meyster soltu sein,
er sol dir vntertenig sein,
ymmer bis an seinen tôt.
240 sit got dir das von erst gebot,
warumb hastu so torlich mich
verwarlost vnd dazzu ouch dich?
sit dastu wol hest die vernufft
vf alle dinck zu rechter gufft
245 du soltest mich betzwungen han.
du bist allein schuldig dar an,
wann der gewalt, der waz nitt min,

er was zu môl alleine din.
des woltestu bedencken nitt,
250 lip one sele ist gar entwiht.
sit das es also ist gestalt,   fol. 166. v.
das die sel hat gantzen gwalt
vber den lip zu aller zeitt,
so soltestu vil mangen strift
255 gen mir wol vnderstanden han.
vaste, betten, sünd han glan,   .
daz solstu selber han volbrâht, -
es was dir alles vnerdaht.
da von ist es khein wunder niht,
260 ob man den lip bekumert siht
mit werntlichen frouwden hye.
sit das du mir du sel noch nye
mit strenger gwonheit wider stuond,
dye wôrheit ist mir vil wol kuend,
265 das di schuld ist alle din.
dar zuo die jamerliche pin,
dy muostu gar alleinig tragen.
du host vil wol gehoeret sagen,
daz der edeln sele rôt
270 sol sein des boesen fleisches wôt.
merck was ich dir nuo sage vor,   fol. 167. r.
das ist gantz sicherlichen wôr:
lip on sel der ist gar tot,
er lidet kheiner slahte not,
275 die sel di lidetz alls allein,

vmb das si albeg dein gebeyn
vnd ouch dein fleisch hat gfolget nôch.
darumb so muosz dir werden gôch
hin. zu der helle sicherlich,
280 so nagent hie dy wurme mich,
daz nympt on zweifel schier ein end.
var hin vnd wind vor leyd dyn hend,
du bist verlorn, des glouwbe mir,
sich geyst ich sprich nitt me zu dir!"
285   Der geist den leichnam suwr an sach,
vil jemerlich er zu ym sprach:
"Ich wil nôch lenger bliben hie,
vntz daz ich dir gesage wye
dy schuld ist warlich alle din.
290 vnd ouch zu guoter moszen myn.
wa von aber daz komen ist,   fol. 167. v.
daz sag ich dir in kurtzer frist.
so ich dich lernen wolte,
wye man erwerben solte
295 vmb got sein werdes himelrich,
so zoh dich ye dy welt an sich.
din fleisch waz usz der môszen krank,
das nach der welte lob y rank.
du wolst nitt volgen mynem gebott,
300 was ich dich lert, das waz dir spot.
du woltest nye gelowben mir,
sich! so muost ich ye volgen dir.
darumb wir beyde ymmer me

lyden ewiklichen we.

305 ich weisz wol, daz ich schuldig bin,
doch ist dy merer schulde din,
wann du hast ser betrogen mich,
da solt ich han gestraffet dich,
sit ich von gott hett volln gewalt.

310 da von min leyt ist manikvalt;
aber hestu dich der welt er lôn   fol. 168. r.
vnd irn vppiklichen wân,
dar zu ir silber vnd das golt,
so wer vns got von himel holt,

315 des hulde han wir gar verlorn!
du hettest gestern wol gesworn,
du soltest leben ymmer me.
sag an tuot dir nuo daz iht we,
daz man dich vsz dim palast rich

320 ziuhet als gar jemerlich
vnd legt dich in ein tyffes loch?
gelowbestu der werlt noch?
daz sy ist üppikeit gar vol,
aller erst hastus befunden wol.

325 wart wol vnd nym ouch eben wâr,
wy doch dich diner friunde schar
fliuht vnd wollend sehen niht.
nu sag ob dir iht leyt geschiht?"

Do sprach der lichnam zu der stunt:
330 "Dy wil ich junck war vnd gesunt
do hetten si mich alle wert,   fol. 168. v.

ich gab yn kleider vnd di pfert,
dar zu min silber vnd min golt,
darumb si all mir worn holt.
335 da tet ich was ich wolde,
mer denn ich billich solde.
ich mahte bürg vnd ouch dy lant,
der wunsch stuond gar in miner hant,
wy ich nuo wolt als muost es sin.
340 golt, silber vnd gestein gar fein,
des pflag ich nôch mins hertzen gir;
das ist nuo gar gezäcket mir
in kurtzer wyl vnd stunden.
ich han es wol befunden,
345 daz die welt ist vntriuw vol,
dar vmb groszen kumer dol.
ach sel dy schuld ist sicher din
vil mer denn sy müg min gesin,
alz ich dich bazz bescheiden wil
350 nuo zu disz stunden zil.
got göb dir vil bescheidenheit,   fol. 169. r.
vernunft vnd grossze selikeit.
du werd ouch gar lutter vnd ouch klâr
din lichnam adel dem ging vor,
355 got gap dir leben vnd ouch sin
du werd des libes kunigin.
du soltest mich geweiset han
nach gottes gebotten gan

vnd stan das soltu billich wissen *).

860 seyt daz gewaltig du werd mein,
da von dy schuld ist alle dein.
das soltu billich wissen wol,
daz lip on sel ist wân vnd hol
an allen guoten dingen.

365 die sel kan wol zu bringen
nach gotes willn guote werk;
lip on sel ist alz ein berk
do ny nitt gruenes vff gewuhs,
vnd doch fur erden ligen muosz.

370 also nuo mir ouch ist geschehen, foL. 169. v.
du solt es e wol han versehen,
sit daz dir got hett erst gegeben,
wunsch, gewalt vnd reines leben."
Noch me sprach der korper:

375 "Der lip ist alz ein morter
betrubt vnd ouch gar tunkel var
vnd dar zu alles frewden bar,
du geyst werd lutter vnd vil klôr.
ich bin recht sam ein holes rôr

880 so werd ouch albeg kunsten rich,
nym ebn war nuo waz bin ich?
sit du von mir gescheiden bist,
so kan ich weder kunst noch list!"
Der geist all do zum lichnam sprach:

*) das — wisseu *in der hs durchstrichen.*

385 "We dir, we mir und ymer ach!
    we dir ouch korper ymer me,
    du soltest dich bedocht han e.
    dy weil din krafft gewaltig waz
    do truog du armen menschen hasz.
390 du gebd gar lutzel vmbe got,   fol. 170. r.
    wer gotlich waz der waz din spot.
    vnrecht waz dir vntertôn,
    am rechten wolstu nye geston,
    da von die schuld ist alle din,
395 das soltu wissen vnd nitt mein."
        Der lichnam sprach: "daz ist nitt war,
    ich wil es machen offenbâr,
    daz die schuld so ist nitt min.
    hettestu den schöpfer dín
400 geminnet als du soltest,
    des du doch nitt tun woltest,
    so wer wir beyde leydes fry.
    nuo ist vns nitt denn jamer by
    mit ewiklichen smertzen,
405 den doch nitt alle hertzen
    wol erdencken kunden.
    mit hundert tusent munden
    enkund mans nitt gesprechen,   fol. 170. v.
    daz got wil an vns rechen.
410 wir sin nuo leyder gar verlorn,
    ach mir daz ich bin ye geborn!"
        Do sprach dye sel ellende:

12

"Des muosz ich so nuo min hende
vor leyde winden ymmer me.
415 ach we mir, we vnd ymer we!
daz ich nitt alz ein vibe bin,
daz lebt vnd stirbet one sin.
wann ym der geist stirbet
vnd ym der lip verdirbet,
420 so leidet es dornoch khein pin,
so ym gelitt der ôttem sin.
ich wölte daz ich wer also,
nein leider ich wirt nymer fro.
dy wyl daz got der herre lebt
425 min leyt in fiuwer vnd swefel strebt,
daz musz got selber erbarmen!   fol, 171. r.
ich musz nuo zu den armen,
dy ewiklichen ligen tot
vnd in der helle lyden not!"
430   Do die red also geschach
der lichnam zu der sele sprach:
"Als lieb ich dir ye worden sy,
bistu gewest den tüfeln by,
dy nu sint in der helle gluot?
435 schond sy yemands daz sein guot
oder durch sein adel grosz,
der hye waz kunikg und fursten gnôzz?
kumpt yemand daz ze hilffe stiuwr
dort in der leydingen helle fiuwr?
440 oder ist khein gnad vnd hoffenunge

dort in der helle sammunge,
vff gottes erbarmhertzikeit
dem denn sin svnd dort weren leyt?"
    Dye sel sprach: "dörlich fragestu fol. 171.
                             v.
                 mich,
445 eins dings wil ich beschaiden dich
vnd sag dir daz ouch wol für wâr:
stunt welt noch hundert tusent jar
vnd dornach tusent stund so lank,
das alle hertzen vnd ir gedanck
450 dy lûtter vnd gotförmig sint
bettend für der helle kint,
das were doch alz gar verlorn,
als der in wasser seet korn.
waz guoter liutt vff erden ist,
455 dy konden nitt gewinnen frist
mit allen iren werken guot,
den in der tyeffen helle gluot
man giebt auch nymand keinen muot
den jamerkliches ach vnd we.
460 du host ouch mich gefraget e,
ob es die herren weger hant,   fol. 172. r.
den hie waz vnder tân das lant,
daz wil ich dir gar eben sagen.
was herren wirt zu hell getragen,
465 der hye in sunden stirbet tôt,
der lydet dort vil groszer not,
           12 *

wenn der der hy nye guot gewan,
so siht mans in der helle stân.»
Do der geist also gesprach
470 wy mangen tiuffel man do sach!
dye worn vbel vnd gar frech
vnd swertzer vil deu ye kein pech.
ir antlütz vnd ir angesihtt
könden alle moler niht
475 gemoln, wy gruwliches was.
sy trügen all den sellen hasz,
yeklicher in der hende sin
trüg einen krewel ysseinn.
in schôsz daz fiuwr zu mund her vsz. ᶠᵒˡ·¹⁷².
480 si hetten ogen alz der strausz
erfüllet gar mit fiure.
vil slangen vngehiure
hingen in zur nasen hrusz,
durch ire oren ging ein flusz
485 von eytter vnd vnreynnkeit.
ir antlütz waz wol wannen breyt.
yeklicher uff dem hawpte sin
der trug zwey hörner stêhelin,
dy wôrn ouch innwendig hol,
490 leydes vnd vergifftes vol.
si hetten gar kein ruowe,
recht als ein bern klouwe
stuonden in ir hende.
die tuffel so behende

495 furten hin die sele do,
    do wurden alle tuffel fro,
    die in der helle wôrn.
    man sach sy do geborn
    recht als ob man yn pfiffe vor, fol. 173. r.
500 si sprungen all mit schall empor
    gen der sele do si kom.
    der erste tiuffel si do nam,
    er bant ir beide fuesz vnd hant,
    darnach do wart si balt gesant
505 eyn andern tiuffel, jamer var.
    der zoh ir ab hût vnd das hôr,
    der dritte tiuffel stuont da bey,
    der tett nitt anders, denne ply
    macht er das es von hitze flosz,
510 das ply er in die sele gosz.
    der vierde zoh sy zu ym dar,
    der funffte hin, der sehste har,
    der sybent sust, der ahte so.
    die tiuffel wôrn alle fro
515 vnd tôtten do der sele we.
    do von si jemerlichen schre,
    do sy zur hellen ingetrat: fol. 173. v.
      "Ach got syh an din hant getât!
    qerarm dich hiutt noch vber mich!
520 des bitt ich arme sele dich."
      "Neyn" sprachen so die tiuffel do:
    "Du wirdest nuo noch niemer fro.

sit dastu bist gegeben vns
dich muosz dez willden fiures rvns
525 verprinnen ewiklichen nuo.
sich darnach hast geworben duo.
zu spate ruffestu den an,
der dir ze hilffe solte stan.
dich hilfft nitt me ""erbarme dich
530 mein gott mein herr begnade
                              mich!""
daz ist nu ze mol versaumet gar.
sint du nuo bist vns kumen har,
so wirt dir anders nitt denn we,
vnd den die her sint komen e,
535 vnd allen den die nach dir komen, fol. 174. r.
den wird die ewig fröd benomen.
dertzuo von vns geschiht in gar we,
daz we wert ymmer me.
wer vns also gedienet hat,
540 des sel mag niemer werden rat!"
    Da dise gesiht ein ende nam
vil gar ich von mir selber kam,
mich duht ich wacht vnd slieffe doch.
in einem zug mir wart vil gâch
545 ze bitten got den schöpfer mein,
daz er mich nem von sulcher pin,
die mir so kundig worden waz.
ich satzt mir fuer vnd hielt och das,
ich wölt in einen orden gan,

550 vnd all der welte frewden lan.
golt vnd silber gab ich uff
vnd alles das ich hett ze huff
teilt ich mit armen liuten.   fol. 174. v.
da mit wolt ich betuten
555 den wegg, der aller sicherst ist
zu got dem herren Jhum Crist.
so wir an vnserm ende
ziehen vsz diesem ellende,
ich bitt dich got durch dinen tot
560 behuet vns vor der helle not,
daz wir zu spott iht werden dort.
gedenk herr an din selbes wort,
daz hie sprach din vil zarter munt,
wenne oder zu welher stunt
565 der sünder hat bekerte sich,
darnach sol nymmer sicherlich
sinr sünde werden mer gedaht.
hilff herre, daz es werd volbraht
hie an vns vil armen!
570 lazz herre dich erbarmen
vber alle die in sünden sint!   fol. 175. r.
disz leben ist reht alz ein wint,
der vor vns hingefarn ist.
almechtiger vater Jhu Crist!
575 dar an gedenk vnd hilf in zeit
vns armen sider es an dir lit.
Maria, blügender rose rot,

kum vns ze hilf in aller not,
wann vnser trost gar an dir lit.
580 hilf daz wir hie in diser zeit
erwerben, daz wir kumen dar,
do din die engel nemen war
mit süszer frewd gedone.
lasz diner gnaden krone
585 vff vnser howbte sinken,
daz wir iht hie ertrincken
in tötlicher sunden bade.
du gottes schrîn, du himel lade,
do sich got selber in betwang,   fol. 175. v.
590 do er sich durch di himel swang
in deinem megetlichen lip
do macht er dich ein leyt vertreip
aller betrübpten hertzen.
die dich in jamer smertzen
595 vnd ouch mit andacht ruoffen an,
den siht man dich zu hilffe stan
in wazzer, in fiuwr vnd wo si sint.
durch dich vil gerne tuot din kint.
wann du es pist zu aller zeit,
600 gnad frawe, syt es an dir lit!

Hie endet sich der sele klag
hilffe vns Maria, an dem tag,
so sel vnd lib scheidet sich,
daz wir dort Jhesum vnd ouch dich

605 frölichen mussen sehen an,
   der hilff vns Junkfraw wol getan
   durch deines werden kindes tott:
   sprecht amen lieber here gott. Amen.

A *aus der hs. der wiener hofbibliothek, sonst historia profana nro 279, jetzt neue numer 3121. papier, 15 jht., folio. dieselbe, aus welcher* Moriz Haupt *(altd. blätter 1, 3) den briefwechsel zwischen fuchs und hahn mittheilte und die, wie schon dort bemerkt ist, meist stücke von entschieden italienischem ursprunge enthält. ausführliche beschreibung des weiteren inhaltes dieser interessanten hs. gibt* Lambeck coment. de bibl. vindob. ed. Kollar 2, 827—843. *im abdrucke unseres gedichtes wurden an einigen stellen die fehlenden überschriften ergänzt.*

B *ebenfalls aus einer hs. der wiener hofbibliothek, sonst* juris civilis nro 232, *jetzt neue numer 2710, pergament, in quarto, grosser sehr deutlicher schrift des 14. jhts. im* grundrisse s. 445 *unter nro LXII wird die hs. wahrscheinlich nach* Adelung's *einreihung im* magazin für deutsche sprache, 2. bd., 8. stück, s. 60. nro 128, *ins 13. jht. gesetzt, doch schwerlich mit recht. die hs kannte auch schon* Gottsched, *vergl.* Kinderling gesch. d. niedersächsischen sprache, s. 267. nro 59. *sie bildete einst einen bestandtheil der reichen herzoglichen sammlung zu* Ambras, *wie die noch erhaltene aufschrift* „Ms. Ambrasianum nro 142" *beweist. den weiteren inhalt derselben gibt* Lambeck l. c. 2, 683—692.

C *aus einer papierhs. der ersten hälfte des 15. jhts., sedez, im besitze des hiesigen antiquarbuchhändlers* Matthäus Kuppitsch. *da sie meines wissens nir-*

gends noch beschrieben ward, so lass ich ihren in-
halt hier kurz folgen:

bl. 1 bis 19 r. „ein gaistliche geiseln vnd staffeln" *mit*
den schlussversen:

> „Wiltu ein gute swester sein
> so merk die xij stuckelein
> dein swester niht beschedig
> widerdries des sag sie ledig
> sein vnseld laz dir wesen leit
> vnd frew dich ir selikeit
> kein ergernus die gib ir nit
> hastu wider sie getan (iht)
> das richt
> und schlicht
> irn frumen acht
> vnd tracht
> gewar irn schaden wo du maht
> versmeh ir nicht in deinen mut
> warrn sie wo sie vnreht tut
> trag mit ir ir bürde hin
> in nöten setz dein sele für sie etc.

sonst prosa. — bl. 19 v. bis 47 r. „das abent essen oder
abent red vnsers lieben herren." *prosa des 15 jhts. —
bl. 47 r. bis 67 r.* „das ist ein preding von der kündi-
gung vnsers herren" *ebenso. — bl. 67 v. bis 111 v.* „ain
predig von der schiedung der himelkuniginn" *ebenso. —
bl. 112 r. bis 114 v. leer. — bl. 115 r. bis 117 v.* „ein
schoene ler von junckfraulicher rainikayt" *ebenso. — bl.
118 r. bis 124 v.* „daz sind xiiij vrsach darvmb der al-
mehtig got dem auszerwelten enzewht gewonlich gnad
vnd trost" *ebenso. — bl. 125 r. bis 126 v. leer. — bl.
127 r. bis 127 v. ein volkslied, das, da es nur wenig raum
einnimmt, ganz hier stehen mag:*

„Ach zeitt, ach zeitt, ach edleu zeitt
wie schnell bist mir entrunnen
ach zeit waz selikeit an dir leit
han ich nit reht besunnen
in zeitt zeitlich die sünd beschritt
zeitlich der tugend begunnen
macht hertzen frid [hie gar vil] der schulden quitt
hiernach geit freud mit wunnen
in diser zeitt des vil geschiht
sich (hie gar) vil vereint
mit fro frisch hertzen râte
daz nach dir zeit wirt ser beweint
so ist es denn zu spâte
 Wer sünden pus ins alter spart
der hat sein sel nit wol bewart
wer sünde laszt e sy in laszen
der fehrt die rechten hymel straszen."

bl. **127** *v. bis* **135** *r. übersetzungen alter hymnen. so*
bl. **127** *v. des hymnus* „Ave praeclara maris stella," *übri-*
gens ganz verschieden von den bei H o ff m a n *gesch. des*
deutschen kirchenliedes erscheinenden bearbeitungen.
sie beginnt:

> „Gott grüss dich lauter sterne glantz
> Maria blügender gnaden krantz
> des meres liecht der welten schin
> du pist in hymeln keyserin
> gewaltig deines vatters wort
> du bist sein ausserwelter hort u. s. f.

bl. **134** *r.* „Ave praeclara in ein ander weisse als man
singt mit der nôten," *beginnend:*

> 1) „Ich grüss dich gerne
> meres sterne
> den heyden leuchtestu so verne
> du gotliche dierne.

13 *

2) Ey du gotes pforte
   diu slosz beruorte
   deheiner hande sünde u. s. f.

bl. 135 v. bis 139 r. „ein ABC von Marie" *ganz verschieden von dem in der kölner hs.* stehenden (M o n e s anzeiger 1835 s. 446), *übrigens natürlich derselben einrichtung. es beginnt:*

> „Ave Balsams creature
> du engelisch figure u. s. f.

bl. 139 r. bis 146 r. „ein geistlicher chrantz" *beginnend:*

> „Wer sich zu got woelle kereu
> einen list wil ich in leren
> wie er sin sach sol vahen an
> das er die gotes huld mag han" *).

bl. 146 r. bis 148 v. ein anderes moralisches gedicht, beginnend:

> „Mensch wilt frumer cristen sein
> so tu es mit den werken schein u. s. f.

bl. 148 v. bis 151 v. „von dem buoch Barlaam ein exempl" *der vergleich vom sünder im abgrunde und vom einhorn und den mäusen, beginnend:*

> „Die dirre welte volger sint
> vnd ire dinstliche kint u. s. f."

sp. 115 bis 121 der ausgabe K ö p k e s *oder sp. 591 vers 13 bis sp. 595 v. 26 in* W a c k e r n a g e l s *leseb 2. ausg.* — *bl. 151 v. bis 153 r.* „Sequencia (?) de corpore xpi vulgaris et latina vt eciam possit cantari cum nota," *die interlinear version verschieden von der gewöhnlichen.* —

---

*) *von diesem gedichte besitzt herr M. K. noch eine zweite aufzeichnung ebenfalls in einer hs. des 15 jhts., deren weiteren inhalt ich bei einer anderen gelegenheit veröffentlichen werde.*

bl. 153 r. bis 154 r. »dy sequencia (?) ze pfingsten vom heilgen geist: veni creator spiritus» *ebenfalls mit interlinearversion.* — *bl. 155 r. bis 158 v. verschiedene gebethe als:* »zur camplet etc.» *für nonnen bestimmt.* — *bl. 158 v. bis 160 r.* »Sequencia (?) Ave virginalis forma» *mit übersetzung, beginnend:*

> „Aue bis grüst megdlich forme
> der gotheit ervolte norme» u. s w.

bl. 160 v. bis 175 v. »conflictus anime et corporis mortui in wulgari.» — *bl. 176 r. bis 195 v. ein gedicht mit der überschrift* „von dem jungsten gericht», *beginnend:*

> „Hoerent alle jamer klag
> die sich hebet an dem tag
> so die sunder sullen erstan» u. s. f.

bl. 196 r. bis 200 v. „Ein gutes seliges neues jar mit synnen vnd verstantnus klâr. Circumcisionis domini 1444», *eine ermahnung zum beginne des jahres.* — *bl. 201 r. bis 249 v. übersetzung des* speculum conscientiae, *mit der überschrift:* „Wie daz hûse der conscientze gebuwen sol werden daz erste capitel.» *zuletzt heisst es:* „Hie hett ein ende daz erste teil des buches von dem spiegel der conscienze noch der lere sant Bernhartz.» — *von bl. 250 bis zu ende d. i. 264 v. verschiedene ermahnungen zum enthalsamen leben. so z. b.* „Ein swigener mund vnd ein lidener grunt vnd ein sterben der natur ist der weg zum ewigen leben.»

Die hs. war einst im besitze des Katharina-klosters zu Nürnberg, wie anfang und ende lehrt: „das püchlein gehoert in das closter zu sant katherein prediger ordens in nürwerg.» *und dürfte leicht dieselbe sein, die einst Docen besass, wenigstens stimmt die ganz zufällige lateinische überschrift des von uns mitgetheilten gedichtes* „conflictus animae» *mit der in Miscellaneen 1, 93 gegebenen; ebenso die eingangsverse; oder be-*

findet sich Docens hs. zu München? dann wäre wenigstens von einer der deutschen bearbeitungen eine zweite hs. gefunden und eine textherstellung erlaubt.

Schon im achten und neunten jht. gehörten allegorische kampfbeschreibungen zu den lieblingsgegenständen der dichter. so würde z. b. der bekannte „conflictus veris et hiemis", den man mit Sigebert von Gemblours (de scriptoribus ecclesiasticis cap. 105), einem benedictinermönche zu S. Amand, „elnonensis monasterii", namens Milo zuschreibt (siehe Leyser hist. poet. med. aev. pag. 255), wenigstens aufs neunte jht. weisen, hätte sich nicht ein noch älterer „conflictus veris et hiemis" als ein werk des Venerabilis Beda († 735), und zwar als ein bestandtheil seiner unter dem namen „cucullus" oft gedruckten eclogen (so z. b. hinter Ovidii amatoria Frkft. 1610. pag. 190) erhalten. eben so beliebt waren bearbeitungen von visionen und weissagungen, wie die „visiones Bedae presbyteri," die „visiones Tundali," die „visio Wettini," das „purgatorium Sancti Patricii," die „vaticinia und prophetia Merlini," die reisen des heiligen Brandanus, die reisen in die hölle und ins paradies u. s. w. die sich weithin durch eine reihe von jahrhunderten forterhalten haben. sehr alte hss. mehrerer der bezeichneten stücke zählt Greiths spicilegium vaticanum auf, s. 98—121, die neueste ausgabe der reisen des heiligen Brandanus veranstaltete: Achille Jubinal unter dem titel: „la légende latine de S. Brandaincs, avec une traduction inédite en prose et en poésie romanes, d'après les manuscrits de la bibliothèque du roi, remontant aux XI., XII. et XIII. siècles. Paris 1836. 8. schon jetzt der sehr geringen auflage wegen eine bibliographische seltenheit. ein „cour de paradis" erschien auszugsweise in Legrand d'Aussys fabliaux et contes, Paris 1829 bd. 5. s. 66. Raoul de Houdaings „songe

d'enfer," *liess ebenfalls* Jubinal *in seiner sammlung* „my-
steres inédits du XV siècle. Paris 1887. tom. 2. s. 884 ff.
abdrucken. desselben Raoul „la voi de paradis" *findet sich
in der eben erschienenen ausgabe des* Rutebeuf *durch*
A. Jubinal *zwei bände* 8. Paris bei Pannier, *und zwar
im zweiten bande s.* 227 *ff. eine* „voie de paradis" *von*
Rutebeuf *selbst ebenda seite* 24 *ff. vergl. übrigens die*
histoire litteraire tom. 18. s. 786 ff. *die berührungen die-
ser einzelnen weissagungen, gesichte, träume, alle-
gorischen reisen u. s. w. unter sich und in bezug auf
späte nachbildungen wäre in mehr als blos literarhisto-
rischer hinsicht von vielem interesse und nutzen. —
ich will es versuchen in folgender zusammenstellung
einiges dieser art, in so ferne es sich mit dem conflic-
tus animae et corporis berührt, anzudeuten, wie weit
ich auch immer hinter einer erschöpfenden darstellung
des gegenstandes zurückbleiben muss. mehrere er-
wünschte nachweisungen verdanke ich der edlen unei-
gennützigkeit meines gelehrten freundes Dr.* Ferd. Wolf,
*der über den gegenstand der frage schon früher öffentlich
gesprochen hat (wiener jahrbücher der literatur bd.* 59,
s. 30), *und dem die vorliegende sammlung auch sonst
noch (vergl. s.* 17 *die anmerk.* *)) *zu dank verpflichtet ist.*

Vorerst *will ich einiges aus dem leben Philiberts
hieher setzen.* Peter Chifflet in der historia Ternovien-
sis. Dijon 1733. 4. p. 70 (*leider konnte ich mir dieses
seltene buch, das auch wohl sonst noch manchen auf-
schluss gewährt hätte, hier nicht verschaffen, ich zitiere
es daher nur aus den* Actis Sanctorum Tom. IV *der ant-
werpener ausgabe, unterm* 20. August) *führt als das
älteste leben Philiberts jenes des* Ermentar, *eines mön-
ches zu Jumieges in der Normandie auf* *). *es ist nach*

---

*) *vergleiche über die historischen denkmähler zu* Ju-
mieges *das eben erschienene werk:* E. H. Langlois
Essais sur les Enervees de Jumieges. Rouen 1838. 8. s. 8.

Chifflet *unter Ludwig dem frommen ums jahr 815, also
fast 200 jahre nach dem tode Philiberts geschrieben
(das* chronicon Rotomagense *bei* L a b b é e bibliotheca ma-
nuscriptor. 1, 365, *setzt als todesjahr 655), aber nach
den actis sanctorum l. c. p. 68 soll Ermentar nur ein
älteres leben überarbeitet haben, so dass seine uns er-
haltene biographie ohne zweifel viel näher an die lebens-
zeit des heiligen darf hinaufgerückt werden.*

Philibert soll sonach ums jahr 616 zu E u s e, *der
damaligen französischen provinz* A r m a n a c *geboren
sein. zu* G e r m e r s h e i m (vicus Julii), *wo dessen va-
ter auf verlangen seiner mitbürger zum bischof erhoben
wurde, erhielt er seine erste erziehung, wornach er 20
jahre alt, ins kloster nach* R a s s b a c h *ging (*Rebais in
gratissima tractus Briegii planitie *nach der erläuterung
der herausgeber). hier schon beginnen die gesichte
und wunder. er hatte nämlich gleich in der ersten zeit
seines klosterlebens gar manche anfechtungen des bösen
zu erleiden. wie enthaltsam er auch lebte, so hatte er
doch bald nachstehendes gesicht zu erdulden, das ich,
wie einige der folgenden visionen und sonstigen curiosa,
hier nur aus dem grunde anführe, um zu zeigen, wie
schon so nahe seiner lebenszeit Philibert zum träger
ähnlicher wundergeschichten erwählt ward.* „Nam cum
esset cibo refectus ipse (quadam nocte diabolus) ven-
trem illius palpare coepit et dicere: „Modô hîc bêne, mo-
dô hîc bêne?" Tunc miles domini cognoscens ignita ja-
cula inimici, crucis se vallans munimine rigorem absti-
nentiae studuit triplicare." *ein andermal schreckte ihn
sein feind in der kirche unter der gestalt eines ebers,
dann wieder, indem er ihm geradezu den eintritt ins
heiligtum vertrat. doch Philibert schreitet unbeirrt auf
seiner erwählten bahn fort und gelangt endlich an Agi-
los stelle zur höchsten würde des klosters.*

Einige der brüder feinden ihn an, doch ereilt sie

bald die strafe. den trifft der blitz, jener „more Arii (über die sage vergl. Neander *gesch. der christl. kirche.* 2. bd. 2. abth. s. 823. *anmerk.* [1])) in sterquilinium omnia sua intestina deposuit atque indignam vitam digna morte finivit.*„ immer mehr und mehr verbreitet sich der ruf des strengen mannes, der endlich ein eigenes kloster zu Jumieges (642) gründet („Gemeticum monasterium",* nicht a gemere, wie *Mabillon geschäftig zu beweisen sucht, sondern „a gemma". so genannt; doch widerlegt den besorgten die alte lebensbeschreibung selbst). wunder häufen sich nun auf wunder, gesichte auf gesichte. fieberkranke heilt sein zutritt, einer, der ihm die handschuhe entwendet und in seinem busen birgt, stürzt mit ausgebreiteten händen zu seinen füssen, glühend hätten sie seine brust versengt. ein mönch, der ihn zur nachtszeit in der dunklen kirche bethen sieht, erblickt mit staunen seine beiden augen wie lampen leuchtend, und so fort bis an sein ende. nirgends aber, zum grössten befremden, erscheint die in unserem gedichte ihm ausdrücklich beigelegte vision, die sich daher entweder neben der schriftlichen aufzeichnung hergehend im munde des volkes, bis ins 12. jht. herab muss erhalten haben, oder vom erfinder, einem so accreditirten wundermanne, dessen leben doch so fruchtbarer boden für ähnliches schien, getrost mag beigelegt worden sein. vom 12. jht. nämlich angefangen, erscheint erst neben der streitenden seele und dem körper ausdrücklich* Philiberts *name, wie wir bald sehen werden.*

Als die früheste uns erhaltene aufzeichnung der unter dem namen „rixa", „conflictus" oder „dialogus animae et corporis" im mittelalter vielgestaltig verbreiteten dichtung, deren ursprung wohl eher in der engen zelle des mönches, als im freien felde des lebens zu suchen sein dürfte, hat sich mir bis jetzt eine in angelsächsischer sprache zu erkennen gegeben. der der wissenschaft

zu früh entrissene J. J. C o n y b e a r e *hat davon in seinen*
Illustrations of Anglosaxon poetry. London 1836 *im* ap-
pendix *unter nro.* V. s. 232 *aus einer hs. zu E x e t e r,*
die selbst schon dem 10. jht. angehört, leider nur einige
verse bekannt gemacht. schon in diesen, namentlich
von vers 30 angefangen, erscheinen uns aber beide par-
theien streitend, obwohl der eingang eher ein erzählen-
des als dramatisch dialogisirtes gedicht hätte erwarten
lassen. ich vermag nicht zu entscheiden, in welcher be-
ziehung diese älteste bearbeitung zu dem inhalte der in
der bodlejanischen bibliothek zu London (Ms. Digby *ums*
jahr 1304 geschrieben. vergl. W a r t o n history of Engl.
Poetry. London 1824. vol. 2. p. 486) *handschriftlich ver-*
wahrten altenglischen nachbildung stehe, da bei W a r -
t o n *nicht einmal angegeben ist, welcher zeit das ge-*
dicht selbst angehöre, und ausser der überschrift „hic
incipit carmen inter corpus et animam", *der genauere*
inhalt nicht zu entnehmen ist.

    Der zeit nach reihen sich mir an diese alten bear-
beitungen drei zusammengehörige gedichte an, die aber,
als bis zur stunde noch nicht veröffentlicht (nach J ö c h e r s
gelehrtenlexicon 1, 192, *wahrscheinlich zu M o n t e*
C a s s i n o oder vielmehr zu F l o r e n z verwahrt), hier
nur nach vermuthen in beziehung gesetzt werden kön-
nen. sie führen die überschriften: „de die judicii", „de
poenis inferni" *und* „de gaudiis paradisi." L e y s e r *l. c.*
pag. 357 schreibt sie dem A l b e r i c h, *einem mönche zu*
M o n t e C a s s i n o († 1088, *nach anderen 1106) zu,*
und folgt hierin einem glaubwürdigen gewährsmanne,
nämlich P e t e r, *dem archivare desselben klosters, der*
in seinem werke „de viris illustribus casinensibus (zu-
erst herausgegeben von Joh. Bapt. Marus. Paris 1666. 8.
dann in G r a e v i i thesaurus tom. IX., *endlich bei* M u r a -
t o r i rer. ital. scriptor.) *im 91. abschnitte die gedichte*
mit anderem dem Alberich beilegt. auch in unserer hs.

C. *folgt unmittelbar auf die klagen der seele ein ge-
dicht „vom jungsten gerichte"*, *ein umstand, der we-
nigstens einige beachtung verdient (vergl. oben s. 149).*

*Mit dem eintritte des 12. jahrhunderts häufen sich
plötzlich die bearbeitungen unseres gegenstandes so sehr,
dass man mühe hat, all den stoff zu ordnen und leicht
nach unwichtigem haschend, bedeutendes übersieht, so
viel scheint aber aus der mit einem male allenthalben
eintretenden verbreitung des gedichtes ohne wagniss zu
schliessen, dass eben damals irgend eine gelungene
bearbeitung des gegenstandes bei dem für ähnliche stoffe
so empfänglichen zeitalter allenthalben die lust mag er-
wecket haben, in allen zungen die erwünschte hervor-
bringung weiter zu verbreiten. schriftsteller des sech-
zehnten und der folgenden jahrhunderte waren geneigt,
solchen beifall durch die person des dichters zu erklä-
ren, oder haben umgekehrt aus dem allgemeinen bei-
falle der mitlebenden über das erzeugniss auf eine be-
deutende persönlichkeit des hervorbringers geschlossen.
so ist es gekommen, dass man bis in die neueste zeit
(noch* D o u c e *dance of death,* London 1833. p. 32 u. 33
spricht davon) dem heiligen Bernhard von Clairvaux
oder wenigstens Walthern de Mappes *das uns erhaltene
lateinische gedicht zuschrieb.* Mabillon *in seiner ausgabe
der werke* Bernhards (Paris 1690. tom. 2, s. 891) *läug-
net aber geradezu, dass* Bernhard *überhaupt gedichte
geschrieben habe,* „quippe cistercienses nihil admitte-
bant quod metricis legibus coercetur." *und dieser ein-
wurf scheint allerdings beachtenswerth. und was ist nicht
alles dem heiligen* Bernhard *beigelegt worden?* der hym-
nus „ave maris stella", „de vanitate mundi", der „flore-
tus" *u. s. w. schon* Bernhards gegner, *und namentlich*
Berengar, *ein schüler* Abelards, *behaupteten, letzterer
in der vertheidigung seines lehrers* „(Bernhardum) a
primis fere adolescentiae rudimentis cantiunculas mimi-

cas et urbanos modulos fictitasse." *vom floretus wenig-
stens lässt es sich durch den augenschein darthun, dass
er nicht ein werk* Bernhards *sei, und das haben schon*
V i s c h (bibliotheca ord. cisterc. colon. 1656. p. 41, und
L a b b a e u s l. c. suppl. 8. nro 1505) *zuerkannt, obwohl
des streitens noch bis ins 18. jahrhundert kein ende war*
(*vergl.* histoire litteraire de S. Bernard, Paris 1778. 4.
p. 382). *die vorrede des werkes selbst (so* Strassburg
1510, 4.) *gibt es deutlich nur als einen auszug aus der
"formula* honestae vitae" *und a n d e r e n w e r k e n:*

. "hic liber extractus de pluribus est vocitatus
. recte floretus, collegi flores non omnes sed meliores."

zu erkennen. doch schon. die "formula honestae vitae"
selbst stellt Mabillon *mit allem rechte, wie es scheint,
unter die dem heiligen* Bernhard *unterschobenen werke,
l. c. tom.* V. *s. 794.* —

   *Mir scheint, abgesehen von allem bisher erwähn-
ten, die annahme* Bernhards *als dichters unseres oben
unter A mitgetheilten gedichtes aus dem grunde nicht
stichhältig, weil mir sprache und gedanken als ei-
nes mannes, wie* Bernhard, *nach seinen sonstigen schrif-
ten zu schliessen, nicht würdig genug erscheinen. eben
so wenig möchte ich* Walthern de Mappes *mit bestimmt-
heit für den dichter erklären, wenn auch* J. B a l a e u s de
scriptorib. illustrib. maj. Brittaniae, Basileae 1557. fol.
centur. 3. nro 59 *unter den werken* Walthers *ein gedicht
aufführt, dessen eingang dem unseres lateinischen ziem-
lich nahe kommt. gleich die überschrift desselben:* "de
malis monachorum" *ist dagegen, wie denn überhaupt
auf ähnlichen untersuchungen, wenn man, wie bei* Wal-
ther, *dessen werke kaum zum zehnten theile gedruckt
sind, recensionen so früher zeit, wie die* Bales *zu be-
rücksichtigen genöthiget ist, der boden unter den füssen
bald allenthalben zu schwanken beginnt.*
   Walther de Mappes *war übrigens nicht der einzige*

seiner zeit, dem man die bearbeitung ähnlicher stoffe
zumuthen konnte. Bale *am angeführten orte s. 246 nennt*
gleich einen Gilbertus de Hollandia, *der ein werk:* „de
stata animae", *ob poetisch oder prosaisch, ist nicht an-*
gegeben, geschrieben habe. eines gedichtes „de anima"
erwähnt auch Labbé l. c., *wenn ich mich recht entsinne,*
ja geradezu unter der überschrift „de querimonia et con-
flictu carnis et spiritus" *find' ich ein solches werk in* S.
Hildeberti archiepiscopi Turonensis opera edid. Ant.
Beaugendre e cong. S. Mauri. Paris 1708. fol. col. 948 ff.
auch dieses werk ist nicht immer bestimmt, seinem le-
gitimen verfasser beibelassen worden, ein eigenes schick-
sal all dieser conflicte, so hat es D u p i n (index aucto-
rum ecclesiasticorum 2, 951) *für ein werk* Hugo's, *Bi-*
schofs von Lyon († *1106) ausgegeben,* Beaugendre *aber*
mit bestimmtheit dem Hildebert († *1136) zugewiesen,*
obwohl schon H o m m e y (supplem. Patrium. Paris 1686,
fol. s. 421) *vor ihm, was er nicht erwähnt, dieser an-*
sicht war. Hildebert's *werk hat mit unserem nur den ge-*
genstand gemein, die bearbeitung ist völlig verschieden.
theils in prosa, theils in versen (hexametern, hende-
kasyllaben, distichen u. d. g.) abgefasst, zeugt es, wie
sich nicht läugnen lässt, hie und da von einem dichteri-
schen gemüthe, doch ist die behandlung im ganzen ge-
nommen breit und die allegorie häufig gezwungen aus-
gesponnen.

Aus dem bisher gesagten dürfte sich wenigstens so
viel entnehmen lassen, dass die entstehung unseres la-
teinischen gedichtes aller wahrscheinlichkeit nach wohl
ins 12. jht. zu setzen, der verfasser aber nicht mit be-
stimmtheit zu bezeichnen sei. es erübrigt nur noch, die
geduld der leser für die untersuchung der schicksale des
nun gegebenen lateinischen gedichtes und seiner nach-
bildungen in verschiedenen sprachen in anspruch zu
nehmen.

Leyser l. c. p. 997 *schreibt dem* Rob. G r o v t e h e a-
d e (Grosseteste † 1253) *ein leoninisches gedicht »dispu-
tatio inter corpus et animam»* zu und nach dem daselbst
angeführten katalog der leipziger akademischen biblio-
thek Joachim F e l l e r s s. 158, nro 88, *soll dieselbe wirk-
lich ein solches gedicht in hs. verwahren. doch glaube
ich, dass hier leicht, durch eine lateinische überschrift
etwa, eine verwechslung mit dem ebendaselbst jetzt
noch vorfindigen deutschen gedichte mag eingetreten
sein, das (vergl.* altdeutsche blätter von Moritz H a u p t
und Heinrich H o ffm a n n, 1, 114) *von den beiden, von
mir unter B und C gegebenen bedeutend abweicht, aber
auch nichts weiter als eine bearbeitung unsers lateinischen
gedichtes sein dürfte.* A b b é d e l a R u e *in den* essais
historiques sur les bardes les jongleurs et les trouvers.
bd. 8. s. 113, *hat über* Leyser's *oben erwähnte behaup-
tung eines lateinischen gedichtes* Roberts *in anderer be-
ziehung zweifel erhoben und die wahrscheinlichkeit ei-
nes f r a n z ö s i s c h e n hingestellt, wenigstens sei ihm
ein solches aus dem 13. jht. bekannt. näher bezeichnet*
de la Rue *das gedicht nicht, es wird aber wohl dasselbe
sein, welches in neuester zeit* L. J. N. Monmerqué *und*
Francesque Michel *als unter den hss. des arsenals zu Pa-
ris und zwar unter der* nro. 283 belles-lettres françoises
vorfindig bezeichnet haben. es führt, in der hs. von fol.
145 v. col. 1 bis fol. 148 v. col. 2 reichend, die über-
schrift: „De le desputison de lame et del cors", und ist
ohne zweifel ebenfalls eine nachbildung unseres lateini-
schen gedichtes. man sehe:* »Lai d'Ignaurés en vers du
XII. siècle par R e n a u t suivi des lais de Melion et du Trot
en vers du XIII. siècle publiés pour la première fois d'a-
près deux manuscrits uniques par L. J. N. Monmerqué
et Francisque Michel. Paris chez Silvestre. 1832. 8. s. 40.
*leider nur in 150 exemplaren gedruckt, also für den
grösseren theil der literaturfreunde fast unerschwinglich!*

*Wenden wir unsere blicke nach dem süden frank-
reichs, so begegnet uns, wahrscheinlich aus derselben
zeit, das gedicht eines provenzalischen sängers* Pierre
d'Alveria, *das derselbe unter der überschrift:* „Lou con-
tract del cors e de l'arma" *begonnen, aber* Riccardo
Aquiero di Lambesco *vollendet hat.* man sehe (Gio-
vanni Galvanis) osservazioni sulla poesia de' trovatori.
Modena 1829. 8. pag. 296.

*Wie lange in frankreich die lectüre dieses stoffes
zu den beliebten gehört haben musste, beweist schon
die frühe drucklegung desselben, zugleich mit einem
anderen anerkannt sehr verbreiteten volksbuche.* S.
Peignot *führt nämlich in seinen* Recherches sur les dan-
ses des morts. Dijon et Paris 1826. 8. pag. 105 und 106,
bei gelegenheit der „danse macabre" *nachstehende aus-
gabe des todten tanzes an, der sich der* „conflictus ani-
mae et corporis" *in französischer nachbildung angehängt
findet.* „La Danse macabre des femmes et le debat du
corps et de l'ame." *am ende heisst es:* »Ce petit liure
contient trois choses: c'est assavoir la danse macabre
des femmes, le debat du corps et de lame et la com-
plainte de l'ame dampnee lequel a este imprim a Paris
par Guyot Marchant demorant ou grant hostel de champs
Gailliart derrenier le college de Nauarre lan de grace
1486." *kl. fol., 15 blätter, wovon 13 seiten der* »dan-
se«, *13 dem* „debat" *und der* „ame dampnée" *gewid-
met sind.* — *ja auch ohne dem todtentanze, aber unter
dem sammlungstitel* „le miroir de l'ame" *zugleich mit
verwandten gegenständen hat sich eine nachbildung un-
seres lateinischen originals aus jener zeit unter folgen-
dem titel erhalten:* »Le Miroire de l'ame; le debat du
corps et de l'ame; la Science de bien vivre et de bien
mourir" (sans date mais XV. siècle *bemerkt* Peignot
l. c.). *dieser spiegel der seele verbreitete sich gleichzei-
tig mit manchem anderen stoffe auch in deutschland*

*durch den druck, ob aber alle bestandtheile desselben,
mithin auch unser gedicht, vermag ich aus dem grunde
nicht zu entscheiden, weil mir die zahlreichen früheren
ausgaben, die hier bestimmend wären, nicht zu
gesicht gekommen sind. ich muss mich daher begnügen,
die titel aller mir bekannt gewordenen vollständigen oder
theilweisen bearbeitungen des »spiegels der seele« hier
kurz aufzuzählen und bemerke dabei nur, dass schon
vor der buchdruckerkunst unser gedicht in deutschland
und zwar in der landessprache begierig musste gelesen
worden sein, wie schon die drei von mir angeführten
verschiedenen bearbeitungen des 14. jahrhund. schliessen
lassen. das eben erschienene schlussheft des* anzeigers f. kunde d. deutschen vorzeit. jhg. 1838 *seite* 288,
*führt ebenfalls ein gedicht mit der überschrift »die seele
deren strafen nach dem tode« auf: wahrscheinlich auch
ein kind unseres lateinischen.*

In P a n z e r s annalen 1, 146 *erscheint* »der spiegel
der armen sündigen selle. Ulm 1484. 4.« *die* zusätze zu
P a n z e r s annalen s. 59 *erwähnen einer ausgabe:* Ulm
1487. 4. D e n i s *im* suppl. zu M e t t a i r e *kennt ebenfalls
einen quartband mit dem titel:* „Ein schön matteri Ein
gedailt in siben tag der wochen vnd genant der sündigen
sele spiegel. Ulm 1487. 4. *diese prosaischen betrachtungen berühren sich aber nur dem titel nach mit unserem gedichte. ferner findet sich in* Z a p f s buchdruckergeschichte von Augsburg 1, 122 »die verdamte seel.
Gedr. zu Augsb. von Lucas Zeissenmair MCCCCXCVII.
4.« *dann in* P a n z e r s annalen 1, 401 „der spiegel der
seele. Nürnberg 1517. 4.« *in den* zusätzen zu den annalen *aber* s. 167 *unter* nro. 971 „der spiegel der seele.«
Cöln 1520. 4. *vergl.* K i n d e r l i n g *l. c. s. 385.* *)

*) *Ich kann nicht umhin, hier im vorübergehen einer
höchst merkwürdigen, nach des besitzers äusserung allen bibliographen unbekannten incunabel kurz zu er-*

Noch im jahre 1824 hat ein franzose M. Franc. de
Neufchateau *den alten vielbeliebten gegenstand auf-
gegriffen und in einem philosophischen gedichte* (»mais
d'une bonne philosophie" *bemerkt schelmisch* Peignot
l. c.) *mit der überschrift* „le corps et l'ame" *die alten
kämpfer dem lesepublicum abermals vorgeführt, so ein
gegenstück zu jenem neugriechen liefernd, der einen
anderen bestandtheil des* „miroir", *wie es scheint, näm-
lich die* „ars bene vivendi et moriendi" *noch im jahre*
1792 *zu Wien* „ex typographia graeca Georgii Bendotti.
8." *in seiner muttersprache veröffentlichte.*

Von spanischen *bearbeitungen des conflictus sind
mir bis jetzt 2 bekannt geworden, nämlich jene in einer
hs. der Escurialbibliothek vorhandene von* Sanchez

*wähnen, die sich mit vielen anderen schätzen in der
sammlung des hiesigen antiquarbuchhändlers* Matthäus
Kuppitsch *befindet. das quartbändchen besteht aus 104
unpaginirten blättern mit 105 höchst originellen, alle-
gorischen holzschnitten und führt den titel:* „Ein lob-
lich büchlin von der gemähelschafft zwischen got vnd der
Seel gar nudtzlich vnd fruchtperlichen zu lesen." *nach*
„gemähelschafft" *sind die zwei worte* „so sich"
eingeschaltet, aber wie nach „zu lesen" *das wort* „lat"
durchstrichen. — am ende heisst es „Das loblich und nutz-
lich buchlin hat getruckt vnd volendet Johannes Bämler
zu augsburg an sanct Bartolomeus abent Anno etc. Tau-
sent vierhundert vnd in dem ein vnd neüntzigsten jar."
die vorrede beginnt mit folgender interessanten notiz:
„Hienach volget ein buoch der kunst. dadurch der welt-
lich mensch mag geystlich werden vnd der schlecht vnuer-
stendig mensch durch geleichnusz zuo klarer verstendtnus
goetlicher sacrament vnd grosser gehaim der cristenheit
mag gepracht vnd gefuert werden. Das durch einen hoch
gelerten doctor vnd lerer der allerdurchleuchtigisten gross-
mechtigisten füratin vnd frawen fraw Leonoren Roemmi-
schen Kaiserin etc. mit hoechsten fleiss von latein zuo
teütsch gepracht vnd iren kaiserlichen genaden geantwurt
vnnd geschenckt ist worden."

162 **V. VISIO PHILIBERTI.**

collecion de poesias castellanas anteriores al siglo XV.
Madrid 1779. tom. 1, s. 179, *und* Rodriguez de Castro
in der biblioteca española. Madrid 1781. tom. 1, s. 198.
vergl. wiener jahrbücher der literatur, bd. 59. seite 25
aufgeführte mit folgender überschrift: »Esta es una
Reuelacion que acaesció á un ome bueno hermita-
ño do santa bida que estaua resando una noche en su
hermita é vyó esta reuelacion el qual luego la escreuió
en Rymas ca era sabidor en esta ciencia gaya.« *die hs.
gehört dem 14. jht. an und das gedicht aus derselben
periode trägt, nach dem auszuge in den wiener jahrbü-
chern, ganz die zeichen jener zeit und des ortes seiner
entstehung an sich. eine zweite bearbeitung unter dem
titel:* „dialogo entre el cuerpo y el alma", *und zwar als
romanze, verzeichnet der* catalogue des Livres de la
Bibliothèque de M. J. L. D*****. Paris 1834. 8. p. 74.

*An der wanderung unseres gedichtes nach Italien
ist kaum zu zweifeln, leider vermag ich aber für den
augenblick keine eigentliche bearbeitung gerade unseres
lateinischen gedichtes in italienischer sprache nachzu-
weisen.* Leyser l. c. p. 421 *bemerkt zwar, dass bruder
Jacopone da Todi, ein franciscaner zu Florenz, meh-
rere gedichte des heil. Bernhard in seine klangvollen
verse übersetzt habe, doch sieht man genauer zu, so
schwindet nach kurzer freude die täuschung. ich habe
nämlich die höchst seltene ausgabe der gedichte Jacobs
vor mir, sie führt den titel:* „Laude di frate Jacopone
de Benedecto da Todi. Firenze per ser Francesco Bo-
naccorsi MCCCCLXXXX. fol. *blatt 3 recto nun unter
nro 3 findet sich wirklich eine* »contentione infra lanima
et corpo", *beginnend:*

> „Audite un an tenzione
> chen fra lanima el corpo
> bataglia dura troppo
> fina lo consumare

Lanima dice al corpo
facciamo penitenza
che possiamo fugire
quella grave sentenza etc.

doch sieht man bald, dass hier eine ganz andere situa-
tion als jene unseres lateinischen gedichtes gewählt sei,
und zwar ein kampf der seele mit dem körper bei dem
geschäfte der busse w ä h r e n d des lebens.

Vom *süden nach dem norden lässt sich der gang*
der verbreitung unseres gedichtes nicht minder verfol-
gen. o b e r - und n i e d e r d e u t s c h e b e a r b e i t u n -
g e n , so wie e n g l i s c h e und a n g e l s ä c h s i s c h e hat
die bisherige untersuchung ergeben, eine m i t t e l n i e -
d e r l ä n d i s c h e verzeichnet J. M o n e s *übersicht der*
niederl. volksliteratur. Tüb. 1838. s. 279. *unter nro 396*
mit der aufschrift: »Van der zielen ende van den lî-
chame.» *die hs. befindet sich gegenwärtig aus der ver-*
lassenschaft C. van Hulthems *zu Brüssel (vergl.* M o n e's
quellen und forschungen 1, 147). — *unser gedicht ent-*
hält in ihr 344 verse, welche Philipp B l o m m a e r t *in*
seiner ausgabe des gedichtes »Theophilus Gent 1836. 8.
s. 54 ff.» *hat abdrucken lassen. es ist eine, unserem deut-*
schen gedichte C *nahe rückende bearbeitung, nur mit*
dem unterschiede, dass es dem lateinischen originale
ähnlicher in strophen von vier gleichreimen geschrieben
ist. vergl. den anzeiger f. kunde teutscher vorzeit. 1836.
s. 435 f. — Blommaert *setzt das gedicht ins 12. jht. eine*
von dieser abweichende aufzeichnung desselben gedich-
tes findet sich im Belgisch Museum Gent 1838. D. 2. p.
57—77. *es sind aber davon nur mehr 278 verse erhalten.*

Eine d ä n i s c h e bearbeitung hat N y e r u p und R a h -
b e k *in dem werke:* Bidrag til den danske digtekunsts
historie. Kjobenhavn 1800. bd. 1. s. 130 ff. *angezeigt. sie*
hat sich in einem drucke vom jahre 1510 erhalten und
führt folgenden titel: »En fortabt Sjaels Kjaeremaal

14 *

over kroppen. Tryckt i Kopenhaffen hos Gottfried aff Ge-
men Anno Domini millesimo quingentesimo og X paa
Sancte Jorgen Afften.* *der schluss des gedichtes nennt
S. Bernhard als den dichter des originals. die beiden
gelehrten herausgeber haben es für überflüssig gehalten,
ihrem beitrage die literatur des gedichtes, die ihnen be-
kannt schien, beizufügen, und verweisen auf ein werk*
Christian von Stöckens Animae damnatae lamenta et
tormenta. Hamburg 1669, 4., *wo sich ausser derselben
auch das lateinische original, das sie „querela animae
damnatae" nennen, vollständig abgedruckt befinden soll.
sie schliessen ihre anzeige mit 3 strophen desselben,
die auch wirklich mit den versen 964 ff. unseres latei-
nischen gedichtes beinahe ganz zusammentreffen. ich
bedauere, trotz aller bemühung nicht im stande gewesen
zu sein, mir das bezeichnete werk Stöckens, das mir
wahrscheinlich meine arbeit bedeutend erleichtert hätte,
auf hiesigem platze zu verschaffen.*

*Zum schlusse will ich hier noch eines schwedi-
schen gedichtes erwähnen, welches L. Hammarsköld
in seinem werke über die schöne literatur Schwedens:
Swenska vitterhetten, Stockholm 1833. 8. s. 28 so be-
schreibt: „Om huru kroppen och Själen trätte" troligt
vis en förswens kning af ett Latinskt Poem fran 1200 ta-
let, kalladt „Eremitae Philiberti Franeigenae rixa animi
et corporis" som tidigt funnes öfversatt bade pa Tyska
och Danska".*

Gedruckt bei J. P. Sollinger.

Man lese: s. 12 z. 1 v. o. Waltharius. — *s. 43 z. 7 v. u.* And thus. — *s. 43 z. 4 v. o.* falsehood. — *z. 2 v. u.* deuesterest. — *s. 46 z. 19 v. u.* falsehood. — *s. 60 z. 8 v. u.* sass. — *s. 61 z. 12 v. o.* lleuen. — *s. 64 z. 3 v. u.* in kan. — *s. 64 z. 2 v. o.* soissicheit. — *s. 72 z. 16 v. o.* ᾰὅστἵς. — *s. 75 z. 19 v. o.* ὑποδείξας. — *s. 76 z. 9 v. o.* ἐπακρουομένων. — *s. 115 z. 10 v. o.* erouwel. — *s. 122 z. 11 v. o.* "ich *und z.* 24, himelrich". — *s. 141 z. 4 v. u.* erbarm. — *mehrere bei der eile des druckes verzeihliche interpunctions- und kleinere fehler werden der nachsicht des lesers empfohlen.*

9 783385 141254